为人民服务

志愿者心语

ZHIYUANZHE XINYU

中共贵州省委宣传部
贵州省精神文明办 ◎主编

贵州出版集团
贵州人民出版社

图书在版编目（CIP）数据

志愿者心语 / 中共贵州省委宣传部，贵州省精神文明办主编. -- 贵阳：贵州人民出版社，2023.9
ISBN 978-7-221-17623-3

Ⅰ. ①志… Ⅱ. ①中… ②贵… Ⅲ. ①中国文学—当代文学—作品综合集 Ⅳ. ① I217.1

中国国家版本馆 CIP 数据核字 (2023) 第 009768 号

志愿者心语

ZHIYUANZHEXINYU

中共贵州省委宣传部　贵州省精神文明办　**主编**

出 版 人： 朱文迅
策划编辑： 黄彦颖
责任编辑： 潘　媛
装帧设计： 黄红梅
责任印制： 尹晓蓓
出版发行： 贵州出版集团　贵州人民出版社
地　　址： 贵州省贵阳市观山湖区会展东路SOHO办公区A座
印　　刷： 贵州新华印务有限责任公司
版　　次： 2023年9月第1版
印　　次： 2023年9月第1次印刷
开　　本： 787mm × 1092mm　1 / 16
印　　张： 9.75
字　　数： 96千字
书　　号： ISBN 978-7-221-17623-3
定　　价： 45.00元

编写说明

党的二十大报告提出要“完善志愿服务制度和工作体系”，这为未来中国志愿服务事业的发展指明了方向、提供了遵循的依据。为更好地推动我省志愿服务事业高质量发展，由中共贵州省委宣传部、贵州省精神文明办策划编写推出《志愿者心语》。全书收集了志愿者个人对志愿服务的认识、参与的感悟、对未来的畅想，向读者展现了一篇篇饱含思想、情怀的心灵寄语，呈现了广大志愿者投身志愿服务实践的精神境界、价值追求，生动体现了“奉献、友爱、互助、进步”的志愿精神，充满向上向善的正能量，是一本洋溢着勃勃朝气、满怀无疆大爱的志愿者心语集。

编　者

2023年9月

《志愿者心语》
编委会

总策划

卢雍政

编委会主任

张玉广　耿　杰

编委会副主任

晏世忠　邓湘贵　杨德智

邓守成　王　旭　钱海峰

编委会委员

蒋坤尧　石　艳　曹　敏

陈洪刚　邓永军　蒋　楠

洪　山　罗　蓉　陈　富

焦书毅　吕亚超　尹　瑶

顾　问

张祖平　谭建光　田　丰

志愿服务是社会文明进步的重要标志，是广大志愿者奉献爱心的重要渠道。要为志愿服务搭建更多平台，更好发挥志愿服务在社会治理中的积极作用。志愿者事业要同“两个一百年”奋斗目标、同建设社会主义现代化国家同行。

——摘自2019年1月17日习近平在天津考察时的讲话

雷锋语录

- 人的生命是有限的，可是，为人民服务是无限的，我要把有限的生命，投入到无限的“为人民服务”之中去。

- 青春啊，永远是美好的，可是真正的青春，只属于这些力争上游的人，永远忘我劳动的人，永远谦虚的人。

- 但愿每次回忆，对生活都不感到负疚。

- 一个人的作用，对于革命事业来说，就如一架机器上的一颗螺丝钉。机器由于有许许多多的螺丝钉的联接和固定，才成了一个坚实的整体，才能够运转自如，发挥它巨大的工作能。螺丝钉虽小，其作用是不可估计的。我愿永远做一个螺丝钉。螺丝钉要经常保养和清洗，才不会生锈。

- 不经风雨，不能成大树；不受百炼，难以成钢。有理想有出息的青年人必定是乐于吃苦的人。

- 我愿做高山岩石之松，不做湖岸河旁之柳。我愿在暴风雨中锻炼自己，不愿在平平静静的日子里度过自己的一生。

谁要是游戏人生，他就一事无成；谁不能主宰自己，永远是一个奴隶。

一朵鲜花打扮不出美丽的春天，一个人先进总是单枪匹马，众人先进才能移山填海。

骄傲的人，其实是无知的人。他不知道自己能吃几碗干饭，他不懂得自己只是沧海一粟……。这些人好比是一个瓶子装的水，一瓶子不满，半瓶子晃荡，可是还晃荡不出来。这有什么值得骄傲的呢?

如果你是一滴水，你是否滋润了一寸土地?如果你是一线阳光，你是否照亮了一分黑暗?如果你是一颗粮食，你是否哺育了有用的生命?如果你是一颗最小的螺丝钉，你是否永远守在你生活的岗位上?如果你要告诉我们什么思想，你是否在日夜宣扬那最美丽的理想?你既然活着，你又是否为了未来的人类生活付出你的劳动，使世界一天天变得更美丽?我想问你，为未来带来了什么?在生活的仓库里，我们不应该只是个无穷尽的支付者。

对待同志要像春天般的温暖，对待工作要像夏天一样火热，对待个人主义要像秋风扫落叶一样，对待敌人要像严冬一样残酷无情。

有些人说工作忙、没有时间学习。我认为问题不在工作忙，而在于你愿不愿意学习，会不会挤时间。要学习的时间是有的，问题是我们善不善于挤，愿不愿意钻。

我们是国家的主人，应该处处为国家着想。

力量从团结来，智慧从劳动来，行动从思想来，荣誉从集体来。

钉子有两个长处：一个是挤劲，一个是钻劲。我们在学习上，也要提倡这种“钉子”精神，善于挤和善于钻。一块好好的木板，上面一个眼也没有，但钉子为什么能钉进去呢？这就是靠压力硬挤进去的，硬钻进去的。

世界上最光荣的事——劳动。世界上最体面的人——劳动者。

凡是脑子里只有人民、没有自己的人，就一定能得到崇高的荣誉和威信。反之，如果脑子里只有个人、没有人民的人，他们迟早会被人民唾弃。

把别人的困难当成自己的困难，把同志的愉快看成自己的幸福。

- 在工作上，要向积极性最高的同志看齐，在生活上，要向水平最低的同志看齐。
- 一滴水只有放进大海里才永远不会干涸，一个人只有当他把自己和集体事业融合在一起的时候才能最有力量。

- 我深切地感到：当你和群众交上了知心朋友，受到群众的拥护，这样会给你带来无穷的力量，再大的困难也能克服，无论在什么艰苦的环境中，都会使你感到温暖和幸福。

- 船，能够乘风破浪才能前进，人，能够克服困难才能生存。

志愿者心语

志愿服务就是不求回报的奉献，不断在小事中见证点滴真情，在大事中凝聚磅礴大爱，用心用情用力解决群众的困难事、烦心事，只为千家万户送去光和温暖。

——姚俊有

志愿是一场“灵魂互换”的旅行，在奉献的同时，我们也在收获，参加的每一次活动会成为一枚枚无形的印章挂在人生这面空白墙上，它们代表的会是孩童和老人的笑容，会是一声声谢谢，也会是同行挚友的鼓励……

——聂妮娅

当代青年有一分力，便要散一分热、发一分光，奉献自己最饱满、最热烈、最强大的青春力量。而志愿服务就是向身边人送去一份来自我们的温暖与光亮，将爱与真情的火炬传递人世间。

——罗卿文

或许学业正忙，或许生活烦扰，但其实现在正好，正好去执志愿之旗，去温暖他人，去服务社会。

——王施琴

同一个理想，同一个信念，我们风雨无阻；同一个誓言，同一个梦想，我们勇往直前。志愿服务源于心，奉献爱心在于行。

——詹贵宇

志愿者志在构建和谐社会，同愿人间充满温情。没有一个人是一座孤岛，也没有一个人能在社会中独善其身。我们始终坚信，团结就是力量，坚持就是胜利。再高的山，只要肯攀，总能登顶；再远的路，只要愿走，总能抵达。我们将始终秉持“奉献、友爱、互助、进步”的志愿精神，为构建和谐社会凝心聚力，添砖加瓦！正如歌曲中所唱：“只要人人都献出一点爱，世界将变成美好的人间！”

——赵秋萍

志愿者是世界上最美好温暖的人，他们不怕辛劳，不惧困难，默默无闻地将自己的时间与精力奉献给需要帮助的人，让这个世界因他们的存在变得更加美好温暖。每一个志愿者都在燃烧着爱的火焰，照亮人生的路途，让我们与志愿者一同投身于爱的行列，带着宽阔的胸怀，迎接未来的挑战。

——汤　涛

总有那么一群人，甘将生命化作一道光，驱散着人间的苦难。我不记得他们每个人的名字，但是我记得他们共同的名字——志愿者！

——张紫顺

于志愿的璀璨星空中留下属于自己的痕迹，以微弱之光，将温暖延续，光影相聚，奉献爱意。

——李雨雪

一直都很喜欢这句话：“我们为了一个共同的目标走到了一起，都有着共同的愿望，都有着相同的精神，都有着一颗雷锋心，都像是坠落人间的天使。”

——刘鑫茜

有能力时，多助人一臂之力；有困难时，必有人解燃眉之急。给别人希望，也就是给自己希望；给别人光芒，也就是给自己光芒。

——易　娇

或许每个人成为志愿者的契机各不相同，但是我相信大家都会有同样的初衷——一棵树庇护另一棵树，一颗心温暖另一颗心，尽自己的所能为他人带去温暖或许就是每一个志愿者的初心。

——周　娜

奉献是志愿服务精神的核心，是内心深处真心实意的初衷；友爱是志愿服务精神的源泉，是心灵深处真实情感的流露。

——杨　栋

他们是一束束火炬，不惜燃烧自己，无私地给需要的人、需要的地方带去自己的光和热，他们是炙热明烈的志愿者。

——张云格

青年志愿者，让世界少些冰冷，这是使命；让世界充满爱心，这是初心。为了照亮黑暗的角落，愿做群星，撒向天空；为了让大地开满鲜花，愿做种子，深埋土中。

——李晓碟

心有所志，行我所愿。志愿服务是不求回报的一往直前，也是“老吾老以及人之老”的感同身受，更是“幼吾幼以及人之幼”的爱护之心。设身处地为他人着想，或许才能够明白志愿意义所在。每个人都很平凡，我们不必要求“功成必定在我”，只需要尽己所能坚信“功成必定有我”。有一分热便发一分光，如萤火一般在黑暗中发一点光，或许众多萤火之光亦可如炬！

——俞希希

志愿服务聚群星共璀璨，扬奉献之船帆，传文明之星火，与人民同行。志愿服务来源于心，体现于行，奉献于人民，携社会齐进。志愿服务应不忘初心，肩负使命，成就自我，奉献爱心。

——舒　虎

辛劳是我们的常态，奉献是我们的初心，一句感谢，一张笑脸，便是我们动力的源泉，我们在给予中收获，在助人中快乐，始终相信："赠人玫瑰，手有余香。"

——杨祥远

微光闪烁，是每一个志愿者；星光熠熠，是志愿者联合的光芒。哪怕微不足道，但是有益即可。薪火相传的勇气和热情，是我们不断前行的动力之源泉。让我们与爱同行，不负青春，不留遗憾，尽微薄之力发光发热。

——刘雨昊

朗朗晴天，感受着青春的律动，让爱传播，让热发光，践行永远在路上。学会奉献，实现价值，是人生重要的篇章，你我并肩同行，爱便永远在路上。

——龙佳佳

平凡中的不平凡，是成为一名志愿者，青年不惧未来长，青春不畏山海远，希望在未来的志愿者之路上能够继续发光发热。

——张朝青

志愿者，是无声的春雨，是和煦的春风，是温暖的大地，是美丽的长虹。我们的付出不需要回报，我们的奉献不需要赞美，我们的志向不需要质疑，我们的温情不需要改变。

——陈俊威

"冀以尘雾之微补益山海，荧烛末光增辉日月。"青年何惧未来长，初心不该责任难忘！千千万万的青年人，投入志愿者行列，为祖国贡献自己的力量。有一分热，发一分光，即使荧荧微光，也可带来希望。

——方科颖

在志愿服务的道路上，我们越走越远，越走越好。我们从不停下我们的脚步，从不放弃提升自己，只为能够更好地为大众提供最热情、体贴的服务。我们在路上，也会一直在路上。

——陈鹏旭

千言万语尽在不言中，青年志愿者乐于奉献，用爱意去温暖世间，关怀世界，向需要帮助的人们伸出援助的双手，志愿服务源于心，献出爱心在于行，传递每份爱，点燃每颗心，愿世间的每一个角落都充满爱意。

——敖世垚

陌生的面孔，熟悉的笑容是对志愿者准确的描述。萍水相逢，不变的是真诚的心。在一个个平凡的日子里，由一个个可爱的人制造出一个个美丽的回忆，志愿有期，希望无限。每一个志愿者都是在为更好的未来努力，每一个志愿者都是在为更好的明天付出。

——王飞宇

“有时间就去做志愿者，有困难就去找志愿者。”正是这一句简单朴素的话语深深打动了我。希望能以尘雾一样微渺的力量，来为山海补益，以萤火和蜡烛一样微弱的光芒，来给日月增辉。

——文　珊

行如微尘，爱可参天，在点滴中前行，在奉献中成长，在泪汗中闪光。

——宋佳佳

炽热的青春挥洒热血，建功的时代奉献青春，青春即是无畏，唯有不忘初心，笃定前行，必展其锋芒。

——蒲　赟

作为新时代青年，很荣幸远赴祖国需要的地方，为基层社会发展尽献微薄之力。

——闻　瑜

一颗爱心，一份责任，尽己所能，只为青春无悔。

——郭茂松

青春是我们的名片，服务是我们的志愿。

——李　源

爱心是志愿者最好的舞台，奉献是志愿者最美的语言。

——杨兴艳

奉献、友爱、互助、进步，可以让你的一生难以忘怀、多姿多彩。

——李　懋

真正幸福的人，都活成了一束光，先熠熠生辉，再照亮他人。做志愿者既是“助人”，亦是“自助”；既是“乐人”，也是“乐己”。成为一束光，舒展生命的同时，也传递光的能量，把志愿服务当作一种生活方式，时时刻刻去帮助有需要的人，做奉献爱心的事，我想这就是当一名志愿者的真谛。阳光正好，我们一直在路上!

—— 吕心妍

因为有需要，所以我在。在我有限的青春里，坚持志愿，给予了我无限的力量，让我意识到自己的价值。未必光芒万丈，但始终温暖有光，在服务中，也遇到和我一样坚持的志愿者，让我更坚信：“微光可成炬，大爱映苍穹。”

——张家颖

携起手来践行志愿精神，用实际行动书写温暖篇章，于细微之处点亮道德之光，用凡人善举托起文明高度。我们永远有赤忱的青年志愿者之心。

——高晟铭

雷锋同志说过：“螺丝钉虽小，其作用是不可估量的，我愿永远做一个螺丝钉。”我们在服务他人、奉献社会中收获了成长和进步，找到了青春方向和人生目标。同时，我们更要让青春之花绽放在祖国最需要的地方，在奉献中书写别样精彩的人生。

——钱家佳

每一个青年志愿者活动是微小的，因为它覆盖的范围太有限；它又是伟大的，因为他在有限的范围中让老人露出了笑容，让孩童感受到了社会的温暖。

——徐　佳

一滴清凉的水，可以滋润干涸的心田；一缕明亮的阳光，可以照亮黑暗的路途；一只温暖的手，可以拉近人与人之间遥远的距离。

——黄启欢

只要你快乐，我就快乐。
志愿服务伴我行，美好明天共努力。

——穆　桂

弘扬志愿精神，彰显青年担当。

——魏　瑶

虽然个人的力量很微薄，但只要坚持用生命影响生命，就一定能汇集成海，引发更多善举，让这个世界充满爱。

——钟　敏

清贫，洁白朴素的生活，正是我们志愿者能够战胜许多困难的地方。

——白史统菲

志愿服务源于心，奉献爱心在于行。

——王露莎

志愿始于心，奉献在于行，虽未必光芒万丈，但始终温暖有光，不负青春，不负遇见。

——杨元丹

作为一名志愿者，要把爱心贡献社会，要让真情温暖人心，矢志服务成就美好人生。

——杨红艳

有一种选择叫奔赴西部，有一种青春叫全力以赴，投身志愿路愿留身影一处。

——彭远香

志在心中，愿在行动。尽微薄之力，让青春在人民需要的地方绽放芳华。

——杨秀金

志愿服务就像是蚂蚁搬家，一丝不苟，有条不紊，更重要的是集体行动。

——黄本燕

助人自助，乐人乐己。

——游彬彬

尽己所能，不计报酬，帮助他人，服务社会。践行志愿精神，传播先进文化。

——犹玉群

一颗志愿服务心，一片幸福爱心情。

——王欢欢

志愿服务树新风，奉献爱心践于行。

——伍桂芬

志愿服务源于心，献爱心在于行，只为山河无恙。

——安　恒

志愿服务遍华夏,爱心奉献传八方。

——胡级娟

一滴怀着奉献之心的水，在阳光的折射下璀璨。

——王雨薇

志愿时光——一段奉献与进步的青春旅程。

——张　巧

志愿服务在行动，共筑美丽英雄梦！

——陈梅燕

洒青春汗水，传爱心火种；扬雷锋精神，展志愿风采。

——石学桥

当做志愿服务一块砖，哪里需要哪里搬，坚守是奉献最好的践行。我愿和大家一样聚溪成海，有贡献，有成长。

——高茂庆

梦想愿以无私付青春，造福点滴献真心。

——吴香妮

以莹莹微光，照亮他人，以己之能，帮助他人，贯彻初心，全力以赴！

——谢　熠

愿以无私付青春，化作志愿勇担当。常怀奉献之心，担当时代责任，以实际行动弘扬奉献、友爱、互助、进步的志愿精神。

——候玲玲

青春在于奉献，将志愿者服务精神传递到每一位需要的人身边，让“志愿红”永远飘扬。

——李道琴

志愿路上，把爱献给社会，把真情暖入人心，快乐留给自己。

——王金艳

志愿始于心，奉献在于行。未必光芒万丈，但始终有温度。有幸做一名志愿者，愿山河无恙，人间皆安。

——王樱洁

用奉献创建温馨家园，用爱心铸就志愿旗帜。

——徐荣江

志愿者的道路虽然艰苦，但也无法阻止负重前行的我们。正值风华，用奋斗靠近梦想，给自己一个不平凡的人生。

——肖本艳

志愿二字体现了我们志愿者应当立志为社会，为国家做出贡献。祝愿我们社会，我们国家变得越来越好。聚是一团火，散是满天星。无论我们身在何方，志愿者都保持一颗赤子之心，在各个地方熠熠生辉。

——付艺伟

你要是问我们快乐是什么，大概会看见我们眼神一钝，脑海中浮现的是那些零散琐碎的记忆，那些清扫完河道垃圾后映入眼帘的油菜花，那些疫情之下义无反顾的背影，那些敬老院和长辈相处的快乐时光……我们在这些瞬间收获了属于自己的那份无以言表的快乐。

——石中婷

“赠人玫瑰，手有余香”——不仅助人亦是益己。我们在帮助他人之时，亦是自身素质的提高，完善和发展。何为公益，“公益”一词是五四运动后方才出现的，其原意是为“公共利益”，而今它也成为慈善行动的代名词。不是私利，是助人于困境，是雪中送炭；哪怕不是邻里，是素不相识，也会出手相援。志愿活动的点点滴滴，各行各业的捐赠帮助，合无数人之力，方能肩起社会公益之重担。而今，我们能做的只有以无声却有力的行动帮助他人，在日常点滴中积跬步至千里，汇溪流成江海。曾记得鲁迅先生的名言，无尽的远方，无数的人们都与我们有关。在那无尽的远方，有无数等待帮助的人们，也有无数与我并肩同行的人……

——宋茂娜

当以志愿者之名站在这里时，我们以双手抚摸热忱的土地，以红马甲为最鲜艳的色彩，以耐心的语气与热情的笑容，参与到每一次志愿活动中。大概我们都想在有限的时间里，做有无限意义的事。

——赵彧丞

志愿之心如火如炬，温暖照亮身边的每一个人。我们用奉献创建温馨的家园，用爱心点亮整个世界，让阳光照进社会的角角落落。我们永远年轻，永远热情，志愿公益，我们一直在路上。

——宋钶昕

爱心献社会，真情暖人心，撒下人间真情，开拓金色希冀。

一颗爱心，一份责任，尽己所能，只为青春无悔。投身公益，用心做公益，关爱身边的每一个人，用我们炽热的心，感染身边的每一个人，让世界充满炙热与温暖。

——胡晴敏

人生在世，如同行舟。志愿服务如同指南针，引导我们航向慈善、博爱的大海；坚定的信念则如同波涛之间一颗珍珠，熠熠生辉；我们的努力和奋斗，就是行船的桨，划向前行的航线，推动志愿服务的发展。

——刘艳梅

成为一名志愿者并不需要多么优秀，只需要有一颗热爱、关注他人的心，就可以为社会做出贡献。志愿服务不仅能让我们获得快乐，也能够让我们变得更加美好。

——焦杨煜

爱心不分彼此，志愿服务让我感受到了这个世界上最美好的东西。做志愿者并不是要去拯救整个世界，而是通过自己微小的力量去帮助那些需要帮助的人。

——张和鑫

微笑是名片，困难是踏脚石，一个又一个他（她）以真心换来世间美好，用爱面对社会。生活与红色相拥，他们披上马甲，构建七色彩虹桥，传递温暖爱心。

——韦宗雪

要散布阳光到别人心里，先得自己心里有阳光。让我们做炙热的太阳，散发耀眼的光芒照亮自己的人生，也温暖别人的心灵，让美好散布到世界的每一个角落。

——赵茜倩

志愿服务播撒了凡人善举的种子，让文明之花处处绽放，让志愿精神成为时代新风。

——王小英

志愿者，弄脏的是我们的双手，美的是我们的心灵，奔波的是我们的身影，安详的是城市的声音，用我们的时间，做有意义的事情。

——苏东林

文明城市大家创，志愿服务我先行。

——袁　辉

志愿服务源于内心的热爱和渴望，是秉持着一颗热爱、关心、分享的心去行动的过程。志愿服务是一种具有社会责任感、奉献精神、人文关怀的行为，在帮助别人，促进社会和谐和发展的同时也能够激发自己内心的幸福感和满足感。因此，志愿服务不仅是一种行为，更是一种精神和力量的传递。通过志愿服务，可以提高自己的无私奉献精神、创造力和团队协作能力，同时还能够为自己的人生经历增添色彩，促进个人的成长和发展。志愿服务需要我们付诸行动，献出自己的爱心，为公益事业贡献自己的力量。

——吴虹煜

服务社会，帮助他人不能流于形式，而是要发自内心，要用真心去关爱需要帮助的人，哪怕是一句温馨的话语，一个关爱的手势，都能给予人温暖的感觉，因为爱心最具魅力。

——蔡尚霖

几年来，我深深地感到，做好志愿服务一定要有“老吾老以及人之老，幼吾幼以及人之幼”的博爱之心，要有不期望以任何方式得到好处的奉献精神，要有矢志不渝的坚持。当志愿服务成为每个人的人生信条的时候，我们的社会将成为香飘满园的和谐家园。为了这个理想，我会努力做出我的贡献。

——曹晓媛

在志愿服务中，我们感受到了生命的意义和价值，更深刻地理解了人类之间的互助和分享。我们用自己的行动和热情去为他人带来帮助和关爱。

——联何东

志愿连接你我，善良铸就底色。爱心满怀，静候君来。展望未来，志愿服务大有可为，也大有作为。

——王世杰

志愿者用实际行动彰显了责任意识、使命担当，画出了人人参与、人人享有的同心圆。新征程上，同心协力推进志愿服务事业高质量发展，更好发挥志愿服务的积极作用，广大志愿者必将续写无愧时代、不负人民的新篇章。

——王世杰

关爱是一种美德，奉献是一种境界。让更多的人成为志愿者，让更多的志愿者成为中华传统美德的传承者，思想道德的建设者，良好社会风尚的创造者，为社会的发展奉献一份力量。作为新时代青年，时有所需，必有所为；国有所需，我必前行。在志愿服务中，提高我们的责任担当意识，号召更多的人，为实现中华民族伟大复兴贡献自己的青春和力量。

——王世杰

心之所向，素履而往，有一分热，发一分光，他们在平凡小事中书写奉献与爱的故事，世间因他们挺身上前而瑰丽。

——张兴悦

善良的心灵并非漫山遍野，但也如点点繁星照亮黑夜，我愿化身一颗星星，发散自己的光芒，努力照亮他人。

——沈明香

每个人都在用自己的方式去守护自己的世界，我将以志愿之名，书写善良之心，让世界多一分温暖。

——贾月燕

一颗雨滴，也可以汇聚成溪流，灌溉庄稼；一个小我，也可以贡献出力量，奉献社会，无数的小我，也可以凝聚成大我，成就无数个小我。

——李　静

献身志愿服务，争做有为青年；
志愿服务温暖人心，携手共创美好世界；
青年不惧未来长，志愿服务放心上；
“志”在心，“愿”在行；
行志愿之路，立青春之志。

——蔡佳慧

志愿行动暖人心，服务社会为人民；
献身志愿服务，构建美好人间；
志愿服务行，从你我做起。

——寇明娇

以校园之音，声声入耳，诉黔州神土山地文明。
亲爱的朋友，世界是彩色的，文明是绚烂的，而知识的传递之帆，是需要青年去掌舵的。
未来之“师”，于识文践理中增益其无所不能。
我们要善于倾听时代新号召，懂于传播家乡“美”文化。
立马当先，是青年；以身作则，是青年；勇于奉献，是青年；热爱家乡，是青年。

——罗园元

发扬志愿精神，传承中华美德，让我们同“心”、同“行”、同“幸”！
心中有爱，行中有情，爱心志愿，你我同行!
一颗志愿心，一片文明情。
志愿服务在于行，温暖你我在于心。
志愿传递温情，真情温暖人心。
志之所依，愿之所悟，携手共建志愿服务，尽在你我他!

——张春丽

爱心启航，青春不老。
逆向征途，勇担重责，星星之火，可以燎原。
弘扬志愿精神，播撒爱心火种，共建温暖人间。
青春是我们的名片，服务是我们的志愿，青春不老，奉献不断。
爱心献社会，温情暖人间
无私奉献，不负韶华。

——邹　静

星星之火，可以燎原；绵薄之力，亦可平山。爱心献社会，志愿暖人心，矢志服务，成就出彩人生。不计得失，成为靓丽风景线；不惧艰险，成为光明引路人。不回避，不退缩，响起献爱心的欢呼声。

——路佳宇

用爱心奉献社会，用真情温暖人间，共建美好和谐新风尚。

弘扬志愿精神，争做时代青年。让我们同心协力，一起加入志愿服务的队伍中来，为创造更美好的社会贡献一份力吧！

——谢贵生

志愿服务，传递一份温暖给他人。志愿活动或许很普通，但是也很有意义，有可能正是你无心的行为温暖了他人，保护了他人。用爱心温暖他人，用热心奉献社会。扬志愿旗帜，做有为青年。

——向云碟

人人都是志愿者，人人都是受益者。让文明成为习惯，让志愿成为时尚。志愿一份心，公益更精彩。青春是我们的名片，服务是我们的志愿。文明河源情，志愿我先行。弘扬志愿精神，播撒爱心火种，共建和谐社会。奉献他人，提升自己。用爱心播撒阳光，用高尚践行平凡。

——张　梅

助人为快乐之本，志愿者的快乐在于为社会贡献一份力量。志愿者的工作虽然没有报酬，但是却带来了更多的价值和意义。每个人都有自己的能力和特长，把它们用在志愿服务中，会让工作变得更有意义。感恩生活，感恩他人的帮助，志愿者的工作是回馈社会的最好方式之一。

——吴春林

让呼吸在绿色中流畅，让土地在根系间凝聚。手牵手参与志愿服务，心连心共创文明山河。学雷锋，树新风，争当文明使者。

——刘丽会

爱心献社会，真情暖人心，矢志服务，成就美丽人生。我们一起努力，志愿路上，感恩有你们。志愿服务源于心，献爱心在于行。

——朱廷丽

我们志愿者既是奉献者，也是受益者，有多少事情是我们之前没有做过的，有多少事情是在考验我们的责任心，每一个人，每一分钟，都在成长，或许有这么一段志愿服务的经历铭刻在我们每一个人心中，我将一生难忘。我是一名志愿者，我骄傲，我自豪。

——杜永永

当我们选择了志愿时，心无悔。因为有青春，所以梦想才触手可及，因为有梦想所以青春才熠熠闪光，将志愿进行到底是我们坚持不懈的精神，我会一直热爱志愿活动！

——管　曼

青春是我们的名片，服务是我们的志愿！服务体现了我们的个人价值，也提升了我们的内在修养。爱心志愿最终会汇聚成一股强大的社会暖流。

——陈思谕

最可怕的敌人，就是没有坚强的信念。在抗击疫情的道路上，有许许多多的志愿者在坚守阵地，永远奔跑在最前线！她们有的是刚步入大学不久的逐梦者，有的是几十年如一日教书育人的老师，有的是已临近退休年龄的先生，他们坚定信念，坚守岗位，坚持初心！

——黄小元

将爱心化为春雨滋润每一个弱势群体，将温暖化为种子播撒在每一个受助对象的心田里，志愿者就像一束光，照亮社会需要帮助的每个角落，让社会更加光明、和谐！

——李纯丽

志愿者以传递爱心，志愿服务，乐于奉献，不求回报为宗旨，然后给社会送去一点点温暖，去养老院陪老人们下棋，去孤儿院教孩子们读书……温暖了你我的世界。

——韦秋若

做志愿者让我有机会体验到人生最真实的温暖，在志愿服务的过程中我感受到一缕阳光掠过心间，人们感到幸福的瞬间无时无刻温暖着我。每当回想起那些热烈奉献的日子，我都能感受到被需要的幸福感和获得感。在有限的人生里不求回报无私奉献，只为在回首一生时不因碌碌无为和虚度光阴而感到羞愧。

——肖骄芸

因为这一点“志愿红”，我看到了彼方尚有荣光在，少年不惧岁月长。有幸能做一名志愿者，贡献自己绵薄之力，在这个最美的年华，不负青春，不负年华！为国家为社会贡献自己，让自己的一点星光洒向大地。

——余青青

志愿者，是光荣，是自豪，是快乐。用我们的手，温暖他们的心。用我们的青春，圆他们的梦想，我们的一点点奉献，带给他们无限温暖。

——韩苹芳

志愿服务不是出于勉强，它是像甘露一样从天上降下尘世；它不但给幸福予受施的人，也同样给幸福予施与的人。感谢同行朋友，有你们我快乐！

——李　琴

星星之火，可以燎原。一个个志愿者就如同是来自一条条小溪的一滴水，汇入志愿团体的汪洋大海中；将个人有限的服务有机结合于集体活动。迸发关爱之光、奉献之源。

——李影思

青年志愿者，是这个世界新的暖流、新的力量。作为一名在校大学生志愿者，很荣幸能够尽自己的微薄之力，为学校、社会贡献自己的力量，实现自我价值。坚信青年力量会在这个社会绽放属于自己的光。

——黄望月

时光不可追，奉献正当时。如果我内心炙热的温度温暖到了需要帮助的人，我想这是人生的一种享受。

——李国香

怀着激情，我选择了成为一名志愿者，在做志愿服务的过程中，我也收获了幸福与温暖。爱是相互的，在我关爱别人时，我也从他们身上获得了的爱与温暖，这是我最幸福的时刻。

——王　英

一直奔走在热爱的路上，想成为一束光，点亮别人的同时也照亮自己，不忘初心，在坚守公益的路上永不停息。出发是最有意义的事，去做就行！

——张　丽

青春正好，以奋进为底色；灿烂韶华，以实践铸华彩。

——何晓雨

是平凡，是不凡；虽无名，亦英雄。如淙淙溪流，涓涓传递，“志愿”，就是有这样的魔力，也应该有这样的魔力，相互传递，不断感召，美美与共，将志愿服务落实于点滴，熔铸于青春生命。点点微光，也必将共绘璀璨星河，闪耀青春梦，中国梦。

——何晓雨

志愿者就像一座桥梁，连接起爱的这头与那头，让小爱汇聚成大爱，每一个志愿者走过的地方，都散发着更加耀眼的光与热。

——王佳丽

一次次逆行的选择，把生命寄托于对归途的瞭望；一对对并行的肩膀，阐述着救死扶伤的故事；一个个齐心的团队，秉持着最初的信念；一遍遍希望的呐喊，燃烧着黎明初露的曙光。

——陈 美

志愿如光，照亮每一个角落；志愿如风，吹散每一个烦恼；志愿如水，洗净每一个污垢。愿每一个志愿者都成为光束，温暖整个世界！

——付安琪

志愿服务源于心，爱心奉献在于行。

一颗爱心，一份责任，尽己所能，只为了青春无悔。

作为一名大学生，更作为一名志愿者，我愿意把我的爱心化为行动，去关爱社会上的每一个需要帮助的人，弘扬志愿者精神，与现代文明同行，以奉献扬青春，与社会同进步。

——曹怡然

尽绵薄之力，助万千民众驶向幸福的港湾。

星星之火，可以燎原，志愿之光也可以照亮世界。
学习雷锋好榜样，志愿服务暖心间。
伸出援助之手，无异于雪中送炭。
微小的力量也可以聚作一团火，为需要的人照亮前方的路。
志愿服务如和煦的春风，温暖着人们的心。

——陈文齐

志愿活动践行美好，温暖世界。
志愿活动服务他人，展自我风采。
践行雷锋精神，传承美好品德。

——黄吉丽

志愿活动是在帮助他人之中享受快乐，是让平凡的时间变得意义非凡，是在体验世间生活中实现自我价值与创造社会价值，是对自我精神的洗涤与提高。

——陈　丝

志愿始于爱，行动始于心。
爱心如灯塔，照亮漆黑的海面。
未必光芒万丈，但始终温暖有光!有幸做一名志愿者，尽微薄之力。不负青春，不留遗憾!

——田双双

悄悄地，我们来了！来到社区，来到街道，来到敬老院，来到需要我们的地方。在这里，我们尽情挥洒汗水。留下一张张笑脸，一颗颗爱心，带走的是装不下的回忆！

——刘　飞

因为喜欢，所以热爱。
因为微笑，所以实践。
每一次付出，不辜负每一份期待，
既然来了这里，就要留下一点青春痕迹，
青春不以山海为远，携手共赴志愿星河，
你的心在这里安定，那么最美的你也将在这里。

——蔡定江

什么是青春？青春就是在祖国需要我们的地方发挥价值。什么是幸福？幸福就是服务他人，快乐自己的感觉。什么是理想？理想就是明知山有虎偏向虎山行的决心。

——郑　梅

作为一名有责任、有担当的大学生，我们通过实践来对自身进行完善，通过实践对外界进行认识。成为志愿者已经七月有余，我们怀着一腔热血来到这里。为祖国贡献自己的力量、以自己的方式发光发热。青年不惧未来长，彼方尚有荣光在！

——田　哲

什么是青春？青春是一抹朝霞，是雨后春笋。代表着朝气蓬勃，代表活力四射。青春是一群人，满怀热血与激情，奔赴山河湖海，将青春的种子撒满神州大地。

——田景丽

充满激情，满怀期待，我有幸成为了一名光荣的西部计划志愿者，服务于基层，为实现乡村振兴奉献出自己的一份力，在这里，种下一份快乐就收获一份快乐。

——田卫娟

青春的精彩之处便是在于选择与奋斗，选择投身于西部，那便只顾风雨兼程。感受基层服务志愿带来的经历，体会基层的各种感受，在传承与创新之中锻炼自己、收获自己、喜悦自己。

——郑雯雯

对我来说，参加志愿者活动是在用自己的实际行动来践行“奉献、友爱、互助、进步”的精神。参加志愿者活动，不负韶华、不负初心，在付出行动的同时也在收获！

——王甜甜

去最边远的地区，用脚步丈量祖国大地；
到最艰苦的基层，用实践锤炼意志。
去祖国最需要的地方贡献力量，是挑战，是磨炼，更是无悔青春的生动注脚。

——张美情

努力做个平凡且快乐的人，平凡地站在太阳下，平凡地将温暖传递给每一个人，将自己有限的生命与热情献于无限的爱与感动中，成为时间长河里籍籍无名而又伟大的那一个人。

——王春燕

陌生的面孔，熟悉的笑容是对志愿者准确的描述。萍水相逢，不变的是真诚的微笑。“忘了自己，宽了心胸”是对志愿者由衷的赞美。他们无私奉献，他们耐心包容。

——李燕平

“到祖国最需要的地方去”，当代青年应该以建设祖国为使命，为祖国的基层建设添砖加瓦。怀着这样的心情我来到了服务单位，在这里我遇到过困难，遇到过尽心指导的前辈，帮助过许多人，酸酸甜甜的服务生活，每一天都很充实。

——王柳凤

支教这一年好短，短到转瞬即逝，短到明明才刚相遇就要策划着别离；支教这一年好长，长到这一年的记忆，一辈子都忘不掉。

——陈杨杨

有一种无悔的青春岁月——到祖国西部去，去看山川秋水也去看人间酸甜；有一种陪伴——我们在西部，你我同行奋斗的路，将炽热的火传递。

——罗孝琴

“褪去浮华、洗尽铅尘”，实现从学生到职场的华丽转变，服务基层，用心、用情、用力地做好基层服务工作，将青春热血洒在这一片热土上。

——骆雪梅

“扎根西部、服务基层”，人生活在有氧的环境中，燃烧是氧化，生锈也是氧化，但我选择了燃烧。将自己奉献给祖国，积极响应乡村振兴的号召，正是我们青年承担时代责任的使命。

——杨　艳

因为淋过雨，所以也想为别人撑伞，跋山涉水，来到离家八百多公里以外，只为传递心中那份爱，我为当初做的这个决定而骄傲，为我成为一名志愿者而自豪！

——朱　婷

志愿者，以振兴中华为己任，以尽忠人民为职责；勤于行动、善于关爱、乐于奉献、尽己所能；不计报酬、立足身边、帮助他人、服务社会。

——田胜军

志愿是在大学时就一直坚持的事情，当我告别大学生活，选择去基层奉献时是毫不犹豫的，当以后再回忆时会感谢当初在西部奋斗的自己，一直都在坚守自己的信念不忘初心。

——吴亮桃

“牡丹花大空入目，麦花虽微结成实。”在平凡的岗位上，在日复一日地奉献中，相信我们会把志愿服务精神一直延续下去，结成美好未来麦田的一束麦粒之花。

——杨星星

和一群志同道合的同行者，一起奔跑在理想的路上，回头有一路的故事，低头有坚定的脚步，抬头有清晰的远方，这是对青春最好的诠释!

——沈欣利

青春是青涩的，青春是美好的，青春是用来奋斗的。在有限的青春里，贡献自我，去播种知识的种子，去灌溉呵护成长，谱写青春乐章。

——欧明芳

作为新一代青年志愿者，我们投身于家国建设，我们的汗水洒向祖国大地，我们的身影遍布大江南北，我们的青春因此熠熠生辉。

——潘　越

在当百里杜鹃西部计划志愿者的过程中，感受自己的进步。就像爬山一样，山顶的距离逐渐拉近，风景也越来越美，其实无论离山顶有多远，人应该多看些这种风景的。

——黄亚红

如果把人生当作一条时间线来看，我们当下的选择也只不过是在这条线上画了一个刻度，白云苍狗，等我们以后再想起来的时候，才明白何以成为我自己。

——齐庆超

把满腔热血化作志愿服务动力，感悟工作、生活的点滴，追寻人生真谛，支撑执着的梦想。用心感悟，用心生活，用心服务，纯粹而不矫揉，宁静而不寂寞，在基层的广袤天地里实现自我价值，造就属于自己的不平凡的人生。

——蒋新凯

最艰苦的地方总有战士的刚强，勇士的肩头肩负着人民的重量。虽离家千里，仍选择奔赴远方，带着火热的衷肠到祖国最需要的地方，用一抹红，志愿“黔”行。

——金潇晔

青年不惧未来长，彼方尚有荣光在！千千万万的青年人，投入志愿者行列，为家乡、祖国贡献自己的力量。正如曹植《求自试表》所言，“冀已尘雾之微，补益山海；萤烛末光，增辉日月。”

——易淑娴

我们一生终将分饰太多角色，然在现有经历中，印象最深的莫过于成为黎平县西部计划志愿者中的一名，以第一视角以最纯粹的目光看待周围事，去践学，去体悟，去获得成长。

——杨海华

西部的孩子，还梦西部，把自己所学的知识奉献给养育自己的热土，接过时代的“接力棒”，“起好步，跑长途”，用责任书写青春，用行动诠释担当。

——吴小琴

春华，百花盛开，播种祖国对希望工程的建设。夏蝉，蛙鸣蝉噪，时刻提醒着自己肩负着的伟大使命。秋实，硕果累累，收获着乡村老人的喜悦。冬雪，银霜遍地，分享着祖国建设的繁荣昌盛。

——欧　艳

尽自己所能，做志愿之事的精神，喜欢听到受帮助人的笑声，更喜欢自己是一名志愿者。时不我待，今后必努力学习，做好志愿，农村天地广阔，青年大有可为。

——杨再文

青春是用来奋斗的，让我们从现在开始，为理想而努力，为人生而拼搏，一起经历平凡而有意义的人生，让我们的青春之花绽放得更加绚烂。

——翁建鸿

长期性的志愿服务活动，我感受到了志愿者的热情，我们用真诚的微笑和细致的服务，给社会带去光明。志愿者的一份微薄之力，创造着美好未来。团结在一起 ，心连心，手拉手，真诚待人，服务他人。将志愿精神弘扬继承下去。

——罗　敏

作为一名西部志愿者，我有幸品尝着、感悟着志愿服务中的酸、辣、苦、甜；甘于奉献 、乐于助人，“赠人玫瑰，手有余香。”这就是幸福！

——耿远琴

践行大爱无疆兑承诺，建设最美西部献青春。以我之力，倾我所能，携爱而来，奉爱而去。今生只愿不负韶华，只身西部砥砺前行。

——王小平

向阳而生，活着最好的态度就是马不停蹄地飞奔。做一个有志青年，怀揣热情，在服务乡村建设时平凡且纯粹。

——李　芬

有些路走下去会很苦很累，但是不走，会后悔。没有哪件事，不努力就能实现。做任何事情，都要相信自己是最棒的，别让不相干的一句话将自己击倒。人生没有对错，只有坚持与努力。我对做志愿者越来越喜爱，我愿意帮助别人，也希望更多人加入志愿者的队伍，这样社会将会越来越好。

——沈秋艳

青春如树，何必安居庭院，饱受寒暑，才能根深叶茂、傲然挺立，撒阴凉片片；青春似花，无须娇养温室，历经风雨，方可枝舒叶展、亭亭玉立，送芬芳阵阵。

——李昌檬

理想再远大，也需要点滴的努力；口号再响亮，也需要实际的行动。不论你有多么宏伟的规划、多么昂扬的斗志，不去行动，终究是空中楼阁。千里之行，始于足下；漫漫长路，不如就从此刻出发！

——杨　倩

在绿水青山中、在田间地头，用脚步丈量祖国大地，用眼睛发现乡村之美，用耳朵倾听群众的呼声，用奋斗许青春岁月以不朽的荣光。

——张思思

依托社区四点半课堂活动阵地，结合自身专业特长，不定期为青少年儿童开展绘画、书法、口才等小课堂，用实际行动陪伴青少年儿童，向他们传递党和政府的关怀，让他们感受到社会主义大家庭的温暖。

——潘云倩

同一片大地、同一片蓝天、同一身志愿装、我们摸爬滚打、同一个服务理念，我们肩并肩；同一个理想、同一个心愿、同一个信念、我们风吹日晒、同一个誓言、同一个梦想，我们勇往直前!

——龙　敏

始终践行“奉献、友爱、互助、进步”的志愿精神，在面对困难时，不畏惧退缩，能鼓起勇气，迎难而上。人生在世，当立鸿鹄之志；道阻且长，应有不屈之心。

——韦德香

留在西部这片土地上，夯实自我，散发点点星光。青春是一种本钱，是我们最青春活力的时光，奉献青春，让自己的生活不再碌碌无为。走进山乡，出一份力，将来这都会是我们奋斗的回忆。

——陈思羽

作为一名志愿者，我庆幸，因为我得以用青春奉献基层；我光荣，源于我曾切实体验基层悲欢；我无悔，由于我的脚印到达祖国西部。

——邹开娅

汇川区西部计划志愿者是一种身份，更是一种责任，在自己热爱的土地上挥洒汗水，发挥出自己的能力，奉献自己的力量，将自己的知识运用到工作实际中。

——李璐璐

盛夏的蝉鸣总是悠悠地环绕在耳边，孩子们眼眸里总是清澈而又充满希望，与其说是我给他们上课，不如说他们在反哺我，满眶的真诚与温暖，让我变得更加温柔坦荡。

——李怡燃

鲁迅先生曾说：“无穷的远方，无穷的人们，都与我有关。”为人们服务是我平凡生活中一大趣事，志愿服务为我仅有的青春增添一抹春色。

——娄伦睿

作为当代大学生，我们不能养尊处优，而应当履行义务，肩负起时代赋予的职责，积极建设美丽新中国，为共产主义事业而奋斗，服务于基层岗位，为人民群众贡献出一份力所能及的力量。

——杨成汉

“何谓青春？”“活力，朝气，梦想。”
“可否具体？”“奉献，拼搏，以赤子心圆振兴梦。”
“可否再具体？”“到基层去，到西部去，到祖国最需要的地方去。”

——吕光佑

青春无惧山高与路远，未来必因奋斗而璀璨，将奋进姿态铭刻于扎根讲台的步履之内，将志愿精神熔铸于奋楫逐浪的生命之中。

——张学晖

青年当有理想，志存高远；青年当有精气神，向阳而生；青年当活力无限，风华正茂；青年更要肯奋斗，心有阳光，看见远方。在平凡岗位上奋斗奉献，实现了从“象牙塔”走向社会的美丽蜕变。

——王　丹

志愿服务既是“助人”亦是“自助”，既“乐人”亦“乐己”。肩负时代之责，贡献微薄之力！

——娄灵锦

君子坐而论道，青年起而行之，在西部计划志愿服务中“墩墩苗”，更能以意气风发的精神面貌，投入到不同的工作岗位中去。

——张　颖

“闻道有先后，术业有专攻。”作为负责共青团工作的汇川区西部计划志愿者，我深感责任重大，需要的专业能力更强，所以我不断的学习与探索，加强团的工作，与广大青年团员交朋友。

——马礼艳

人生是短暂的，是快乐的，在短暂快乐的人生中用两年的时间开启一段不同寻常“志愿旅程”，它诠释青春的含义、绘画人生的蓝图，再用接下来的人生书写更美丽的志愿故事。

——何松丽

他们说未来是一种期待，期待春暖花开、欢声笑语，期待乡村更美、人民安康，用吾辈之青春砌山河之未来。

——张才东

我们身为志愿者即使做不出惊天动地的成绩，却温暖着人心。我们奉献着爱心，感染着他人，在社会上传递着志愿精神。

——陈红凯

承接时代接力棒，建设中华之复兴。
扎根西部于基层，服务人民于心中。
见证婚姻之幸福，看尽人生之百态。
西部之行亦无悔，青年有志才有为。

——潘玉菊

爱心是我们的信仰，奉献铺满青春的底色，互帮互助是我们的宗旨，进步是青春的果实。我们从四面八方而来，欢聚一堂，满怀爱心地服务社会，不求回报。

——潘晓燕

小人物也有大精神，在我的服务历程中平淡而有趣、平凡而精彩，奉献出青春、收获到快乐，与志愿同行、与大爱同行。

——陈云青

小我融入大我，青春献给祖国。青春不是用来抱怨的，奋斗是青春最靓丽的底色。在基层磨炼意志，锻炼自己，提升自己，只有练就过硬的本领，才能在新时代的潮流中奋勇当先。

——胡　清

君不见，志愿青年天下聚，青春服务在各地；君不见，乡村建设有我在，人民满意乐开怀；你看过山和大海，但没体会过充满温暖与青春活力的田园乡村美景。

——龙庆扬

扎根一线，在实践中用心潜行带来的成长都是斐然的，我将带着信心与希望，用青春和热血，为祖国的山区教育添砖加瓦。

——李　芬

“世界上并没有从天而降的英雄，只有挺身而出的凡人。”一代人有一代人的长征，一代人有一代人的使命。志愿服务传递爱心、传播文明，我会尽自己所能承担自己的那份责任，为社会贡献一份自己的青春力量。

——吴孟琼

再微小的光芒，汇聚无数颗在一起也能照亮一个角落。如果把每个志愿者都比作光芒，那世界将不会再有黑暗的角落！

——廖勤勇

在志愿服务时，总会享受到帮助别人所带来的快乐。付出永远比收获更快乐，在志愿服务的路上，你我一路同行。

——廖思鹏

去经历一段有意义的青春，去感受祖国的大好河山，去挥洒那少数人才能理解的热血，去寻找你热爱的人生，也许这是你为数不多且可以选择的自己。

——金恩鸿

青春没有售价，在有限的时间做有意义的事情。

——阙春艳

因为梦想，我们砥砺前行；因为热爱，我们苦干实干；因为责任，我们挺膺担当……趁青春，去做一件终生难忘的事，奏响乡村振兴新乐章。

——张忠碧

志愿者是从身边的小事做起，奉献自己的一点点小小的力量，给别人给予温暖，给自己带来快乐，就是志愿者的意义。

——韦祖暖

“到西部去，到祖国和人民最需要的地方去!”在基层的工作很平凡，没有什么惊天动地的事迹，我只要求自己努力做好每一件小事，尽到志愿者应尽的义务。

——潘家辉

西部欠发达，基层更艰苦。我们年轻人的选择面很宽广，不同的选择带来迥异的结果，选择西部计划使我感悟颇多，青春无悔，不虚此行!

——冉雪兵

同一个理想，同一个心愿，同一个信念，我们风吹日晒，同一个誓言，同一个梦想，我们勇往直前、奔赴我们热烈的青春。

——陈世桃

所谓志愿者，意在奉献。苦有之，累亦有之，愿者甘之如饴。快乐在心间，收获在志愿之路上。

——王小燕

每个优秀的人都有一段沉默的时光，往前走、往前看，扎根西部，总有一天，会在自己的脚印中找到方向。

——刘　虹

一心一意做好服务之事，一心一路走好志愿之行；看着，一季花开；笑着，一路走来；将饱含志愿精神的种子，撒在祖国的西部！

——莫春岸

只要人人都献出一点爱，世界将变成美好的人间，我们缘定西部。新的一年我们带着这份坚守和执着重新起航。无悔青春，无悔在青春日子里走过的志愿生涯！

——李冬花

青春因奋斗而精彩，青春因梦想而美丽，青春因奉献而闪耀。青春的道路正在铺设，我们前往光明的征途，我们终将上岸，阳光万里，不负青春，不留遗憾。

——罗　红

青山灼灼，赤诚奔赴。长青二小有漫天的云卷云舒，有悦耳的琅琅书声，还有满耳的欢声笑语，这段和孩子们携手并肩，共同探索的美好记忆在我心中永存。时光清浅，岁月安然，望孩子们永葆童真、向阳而生。

——柴　烨

“用一年不长的时间，做一件终生难忘的事。”作为研支团的一名成员，是志愿者，也是老师。在服务地的半年多时间里，我践行着“奉献、友爱、互助、进步”的志愿精神，也践行着为人师表、教书育人、自尊自律的支教初心。

——杨　靖

时间有限，价值无限。我和孩子们一起在课上品味语文之美妙，在课下享受童年之乐趣，我伴他们成人、成才，他们助我百炼成钢。志愿奉献，以爱呵护，无悔青春。

——姚飞越

夕阳西下，天边还留有淡淡的晚霞，微风轻拂，夕阳下我们的影子被拉得好长、好长。有一种快乐是你们眼里有光，而我的眼里都是你们（学生）。

——欧万美

人生之路永远充满着未知，作为新时代的青年人我们要勇于探索、勇于发现、勇于挑战未知。服务西部、创新西部、打造不一样的西部，需要我们共同的努力。

——袁再敏

在最好的年纪尝试意义非凡的事，作为新时代的青年，奔跑在理想的道路上，不负自己，走自己的路，让其他的流言蜚语都随风而去吧。

——袁　琴

不管我们是为什么来当志愿者，为生活也好，为生存也好，为国家也好，为西部也好，为人民也好。总之我们来了，做的就是贡献。

——龙文琪

奋斗正青春，青春在路上。志愿服务有温度、有意义、有价值，欢迎各有志青年加入志愿队伍，为共建新时代贡献绵薄之力，让奋斗成为青春最亮丽的底色！

——张连平

如果可以，我希望用我的微薄之力奉献到祖国需要的地方，让那里开出幸福的花。

——欧　平

夜色难免苍凉，前行必有曙光；在未来的道路上难免会遇到各种困难，但困难总比办法多，坚定理想信念，勇于做自己。

——蒋隆焱

青春是用来奋斗的，青春是用来挥洒汗水的，青春是用来创造美好回忆的！青春时光里我们不畏艰辛、坚持不懈，只为在人生的旅途中不留下遗憾。

——张建梅

用青春作词，谱时代之歌，青春的光芒在于奉献。宣传环保观念、传承红色基因、助力乡村振兴……志愿服务奋进凝结着感动，收获伴随着艰辛。

——杨桂花

“志之所趋，无远弗届，穷山距海，不能限也。”新时代青年心怀使命，肩负担当，奋斗向前、挺身而出，志愿西部，扎根基层，奉献基层。

——晏俊雨

在中国，有一片土地叫西部，有一群人叫志愿者，他们在西部相聚、传递爱、发扬志愿精神，让有限的青春充满无限的热爱。

——周远丽

因为热爱，所以我们走到了志愿者之列。因为参与，所以我们体会到了他人的不易。因为付出，所以我们收获了金硕的果实。

——刘露露

志愿服务工作是我人生中最重要的一段经历，通过志愿服务，我在实践中增强了热爱家乡、扎根基层、服务人民、报效祖国的责任感和使命感。

——王忠莉

作为一名志愿者，不需要你有精明的商业头脑和精致的外貌。只要你有一颗乐于助人的爱心和责任心，你便可成为志愿服务大队中间的一员，与我们并肩同行、共创辉煌。

——田　燕

每个人的一生都应该做一件自己认为有意义的事，每一份青春都应该为那一份意义而奋斗，在奋斗中释放青春活力，让自己的拥有不一样的人生经历。

——王婷婷

我们如向日葵般灿烂，也像星辰一样闪耀；在人生长河中，留下不悔的脚步；步伐虽小，但是一直在前进；感动来自生活，奉献成就你我。

——邹　鑫

我们用行动诠释着志愿精神，在奉献中实现自己的人生价值，在志愿服务中体会到助人之乐，以真诚与爱心奉献社会、服务他人，以实际行动传承志愿精神。

——金　梅

“陌生的面孔、熟悉的笑容”是对志愿者最准确的描述。萍水相逢，不变的是真诚的微笑。“忘了自己，宽了心胸”是对志愿者由衷的赞美。

——杨青艳

以积极进取的心态、以勇于创新的精神、以慷慨激昂的斗志、积极践行志愿者的初心使命，铺就绚丽多姿的志愿之路，做一个接地气的理想主义者。

——赵　雪

青春的底色是勇敢无畏的斑斓，志愿行为我们斑斓的青春镀上了一层无私大爱的光芒，我们从五湖四海而来，汇聚这里，只为青春无悔，不负时代。

——冯玉凤

“被需要是一种幸福。”在志愿服务过程中，每当帮助到他人之后，我都会有一种幸福感、成就感，让我明白做志愿者的意义，坚定了信念的同时，也让我的青春变得丰富多彩。

——马贤宁

志愿服务就像鲜红的旗帜飘扬，奉献的脚步伴着一路阳光，欢声笑语映红青春的面庞。我们迎着旗帜的光辉昂首，带着爱心奉献的志愿情怀，阔步迈向希望的远方。

——黄　娟

积极搭建志愿服务与广大群众之间的公益桥梁，用接地气、连民心、解真忧的举措来提升群众的幸福感。

——孙　睿

志愿者这个名字不仅是一种荣耀，更是一种沉甸甸的责任和使命。一群热血沸腾、满怀理想的年轻人正用青春为社会描绘爱心的形状。

——阮沛瑶

志愿服务中，我体验到了工作的辛苦和付出的欢乐，学会了坚持和耐劳。服务社会是每个人的义务，每个人都可以为社会做贡献。

——邵奎鹏

作为志愿者的我，用真诚的微笑和细致的服务，给需要服务的人们带去了快乐。当志愿者这个过程使我成长蜕变。真诚待人，服务他人。

——周　瑶

趁年轻为自我、为周围的人、为国家做更多有意义的事。继续坚持自我的初衷，践行志愿精神。

——杨金霖

志愿者是彼此的战友，一起实践一起进步，而我们的目标是太阳，是走向光明大道的耀眼之路。

——王莎莎

青春正当时，用尊重的目光为他们架起一座前行的桥，用平等的心为他们撑起一个晴朗的天，用真诚的爱为他们营造一种舒适的氛围。

——王　芳

春天里的志愿者犹如温暖和煦的微风，夏天里的志愿者犹如炙热灿烂的骄阳，秋天里的志愿者犹如丰硕饱满的稻穗，冬天里的志愿者犹如挺拔坚毅的雪松。

——宋张影

青春正当时，不负好时代，华彩青春，倾心奉献，展志愿风采，让我们在广袤的基层沃野上释放出无限的青春能量。

——曾　丽

为什么要做志愿者？如果非得说一个理由，那就是做志愿者让我感到生活充实，感到助人后非常快乐。为了快乐做志愿者，一举两得。

——杨光清

在熠熠星光中发自己的光，回首志愿者期间走过的路，一次又一次入户走访与志愿活动，都在增长自己的成长阅历，让自己的青春旅途散发独特光芒。

——曾江南

“志愿服务源于心，献出爱心在于行。”作为一名大学生，作为一名青年志愿者，我愿意把我的爱心化为行动，尽自己所能，做志愿之事，弘扬志愿精神。

——雷　红

作为一名志愿者，经验从无到有，没有体会就不知其中的艰辛。思想从幼稚到成熟，勇于承担责任，也让我获得了更多的快乐和满足。

——郑桂云

我们的青春坐标立在何处，青春画卷就描绘向何方。两年的志愿服务工作，收获满满，我将会把这份美好的经历刻在记忆最深处！

——龙再花

我怀揣着“奉献、友爱、互助、进步”的志愿精神，投身于服务乡村的建设中，既建设乡村、服务村民，也丰富了基层阅历，为乡村振兴贡献青春力量。

——吴　干

播撒大爱火种，传递人间温情。用最美的笑容、最周到的服务给自己志愿服务道路上增添一道靓丽的风景线，为志愿服务贡献出属于自己的一份力量。青春为伴，向阳而行。

——吴胜菊

在毕业之际有幸成为一名志愿者，不负青春，不留遗憾。在这岗位不需要美丽的相貌，需要我们有一颗爱心与一颗责任心。

——田素兰

志愿服务是一段非常有价值的经历，它使我认识到基层的真实情况，有些人在我们普遍认可的生活中仍需要很多的帮助。我也从志愿服务中获得了很多的东西，以及更好地完成任务的能力。

——杨学海

“赠人玫瑰，手有余香。”趁自己年轻，为自己、为周围人、为国家做更多有意义的事，继续坚持自我的初衷，践行志愿服务，争做新时代雷锋精神志愿者。

——钟守芹

“当我回首往事时，不因虚度年华而悔恨，也不因碌碌无为而羞愧。”因为我已经把我的青春年华都献给了这个世界上最壮丽的事业——志愿服务。

——刘恒宇

青年的肩上，从不只有清风明月，更要有责任担当，岁月因青春慨然以赴而更加美好，世间因少年挺身向前而更加瑰丽，继续保持初心向前，做新时代青年志愿者。

——徐艺家

弘扬志愿精神，学思信守青年之约；坚定理想信念，践悟补足精神之钙；践行初心使命，笃行助力强国之基；奋发青年担当，唯实共圆复兴之梦。青春之我，献给可爱的人。

——秦　军

在这场没有硝烟的战争中，作为志愿者的我毅然第一时间参与到其中，当代青年人就应当不断发挥自己的价值。只有不断将自己放到社会中，服务社会，将自己的能力奉献给社会，才能让自己的存在更有意义，才能实现个体价值的最大化。

——史学佳

让热血挥洒西部，让梦想扎根基层，以“功成不必在我，功成必定有我”的闯劲，扛牢时代使命，奋力担当作为，用行动践行志愿精神，书写别样青春。

——王　露

光与影的交织，我们在前行。冰与雪的相拥，我们在行动。风与花的飞舞，我们在付出。我们是奉献的代言人，是勤恳的化身，我们是志愿者。

——朱启宏

选择志愿服务，满怀一腔热血，遇见一群可爱的人，快乐服务，青春无悔。

——王　珊

新征程扎根基层、让青春出彩，主动参加生态环境保护，带动更多群众保护生态环境。我是一株怀着奉献之心的小苗，在这片土地上茁壮成长，在基层服务的磨炼中成长进步。

——徐　坤

志愿活动，你不曾实践过，就不知道其中纯粹的初心。希望在未来的日子里能够继续保持初心，不负志愿者的身份，充分将自己的价值体现，成为一个有信仰的新时代新青年。

——何兴梅

参与志愿服务的这段时光我学会了坚强，这使我在今后的生活里每当想放弃的时候，会想起这段时光，困难的事情迎刃而解。

——王　莹

投身志愿服务，让世界充满爱心，让世界充满温暖。愿做天上的群星，照亮黑暗的夜晚；愿做天上的太阳，温暖整个世界：愿做天上飘落的雨水，润泽整片草地。

——袁国智

也许你会觉得自己做志愿者很辛苦，但当你收到别人的感谢或者微笑时，你也会感觉到无限的欢乐，你就会觉得志愿不悔、青春无悔。

——黎　娜

人生得此一次青春无悔，来西部奉献，去拥抱土地，开始更多独处，收藏身边美好，抛开纷纷扰扰，收获真诚与成长，迈向光明的未来。

——陈鸿影

在这个如朝阳般的年纪，去追梦，去奉献自己的青春，去肆意盛放在祖国最需要的地方，给自己的人生留一段特别美好的时光。

——苟友霞

夏日的热浪，青年的热血挥洒到西部土壤；志愿的历程，消逝的青春铸就坚韧的毅力；时间的长河，微弱的星光闪烁不凡的魅力。

——唐登富

带着梦想扎根基层，满怀激情奉献祖国。用行动践行新时代志愿精神，用青春谱写人生乐章，用知识的铠甲在基层建设一幅美丽的乡村画卷。

——韦宗能

严峻残酷的疫情无情，无私奉献的志愿有情，日日夜夜地坚守阵地，重复枯燥的核酸检测，耐心细致地不断引导，志愿温暖人心，守护安全之门。

——邰雨萱

学习雷锋，服务他人，提升自己，我在路上，一直都在，不论是否千难万险，我都坚信，前方都会是柳暗花明，用有限的时间成就一生难忘记忆。

——陈锡朗

套上红马甲，系上绿丝带，以红色给人温暖，以绿色给人希望。以实际行动践行初心与使命，在志愿生涯中展现应有的青春风采。

——周阿康

“到基层去、到西部去、到祖国最需要的地方去”不仅仅是一句口号，更是我们刚刚毕业的大学生心中反复出现的话语，它让在毕业之际的我找到了属于自己的答案，那就是到祖国最需要的地方做一名志愿者。

——梅　桂

把我们的青春挥洒在祖国的土地上，把我们的爱留在基层，志愿西部，奉献青春，无怨无悔发扬吃苦耐劳精神在奉献中实现自己的价值，为人生交一份满意的答卷。

——王双飞

青春充满了一股巨大的力量，它无所畏惧，勇往直前，与“志愿红”结合的青春也显得格外亮眼。

——黄　艺

在乡村你总能看见一抹红色的身影在各处忙碌，他们或许在打扫乡村的道路，或许在为村民宣传政策，又或许在助老扶幼、助残助困。你会发现他们有个统一的名称：志愿者。

——刘珊杉

青年志愿行，你行我也行。青年志愿砖，哪里需要往哪搬。青年志愿者，毅然前行，奔赴基层。老来回忆，无憾青春之行，不悔青春之约。

——高荣荣

志愿者是初春的细雨，是温柔的晚风，哪里需要我们就在哪里，用我们的青春架起爱的桥梁。青春似火，闪闪发光，让我们的青春成为照亮他人的太阳。

——吴　腾

青春是一首浪漫的长诗，我们以志愿者为笔，在壮美大地书写属于我们的志愿诗篇；志愿服务是一支婉转悠扬的歌曲，我们志愿者是音符，用无悔青春奏响属于我们的交响曲。

——曾令霞

去年我们度过了一段难捱的岁月，疫情又一次突然暴发，打得我们措手不及，但我们志愿者小伙伴成立志愿者突击队，无所畏惧、甘于奉献，奋斗在基层抗击疫情的第一线！

——王宗伟

西部计划是个很好的锻炼机会，半年多的时间让我不仅在工作方面和人情世故方面都学到不少。只有经历过基层工作的锻炼，才能真正地成长起来，才能更好的为人民服务。感谢加入西部计划这个大家庭，感谢遇见这个平台让我成就了更好的自己。

——李炳珍

青年强则国强，作为当代青年，我们应承担起自己的责任。遇见光、追逐光、成为光，秉承“奉献、友爱、互助、进步”的志愿精神，尽绵薄之力，献热血之情。

——徐建梅

在服务期间我们积极参与疫情防控工作，奋斗在第一线，成立六桶志愿小分队，做好志愿服务工作，不忘初心，砥砺前行，让每一天都成为人生中最美好的一天。

——秦文霞

不管路途有多遥远，基层有多艰辛，在平凡的日子里感受生命的美好，在耕耘里感受劳动的快乐和收获的期待，做好志愿服务的每件事，就是体现志愿者价值的每一刻。

——敖　雪

心之所向，素履以往，有一分热，发一分光，一座有爱的城市，一抹可爱的“志愿红”。

——张欣莉

有这样一条路，它是荆棘与鲜花同在，有晴空也有冷雨，然而不要怕，不怕的人才会有路，让我们坚定前行吧！相信在路的尽头，总有梦想挥手相迎的日子。

——刘　林

用青春诠释“志愿者”的含义，用行动展示“志愿者”的风采，用两年时间做一件终生难忘的事。

——晏丹丹

人间骄阳正好，青春路上有失有得，我们应张扬放肆，挥舞着奋斗奉献的旗帜砥砺前行。平凡在于每天都做着最简单、最普通的工作，不平凡在于我始终没有放弃我的追求，虽然遇到很多困难，但我还是坚守着这份信念。

——潘忠艳

在我们的身边，总有这样一群人：无私奉献、舍己为人。他们，就是做着神圣而又普通的事情，无偿地为社会进步贡献自己的力量。

——王艳丹

落红不是无情物，化作春泥更护花，作为一名志愿者，我愿担负使命，勇于奉献。将青春奉献于西部，将汗水挥洒在西部，让通往西部的路上绽放我们热烈的青春之花。

——刘芳慧

志愿者是平凡而伟大的，作为志愿者我们常常无法做伟大的事，但我们可以用伟大的爱去做些小事。也希望更多人加入到志愿者的队伍，让社会变得越来越好。

——邓朝芳

我很荣幸成为一名志愿者，在这半年多的志愿服务中我体验了最基层的工作，我努力践行“奉献、友爱、互助、进步”的志愿精神，认真踏实地工作，取得了较好成绩。

——杨川婷

赤诚与理想，是对青春的最好诠释；无私与奉献，是对工作的最好态度。投身于西部计划，坚定自我的选择，奋斗明确的目标，珍惜现有的时间。

——陈青青

我喜欢志愿者，尽自己所能，做志愿之事的精神，喜欢听到受帮助人的笑声，更喜欢自己是一名志愿者。时不我待，今后必努力学习，更好地投入志愿服务事业！

——卢林琴

没有想象中那么多的诗和远方，有的是一件件繁琐的事和脚踏实地的默默奉献，现在的每一次经历都将成为以后美好的回忆。

——袁佳敏

立志做有理想、敢担当、能吃苦、肯奋斗的新时代好青年。愿我们都能沉淀执着，奉献互助，对每件事都能全力以赴，满载而归，让青春绽放更绚丽的光芒。

——王　丽

希望我们能在未来的日子里继续初心不改，响应党和人民的号召，以实际行动弘扬和践行社会主义核心价值观，充分彰显志愿精神，立志做有理想、敢担当、能吃苦、肯奋斗的新时代好青年，让青春在这个边陲县城留下属于自己浓墨重彩的一笔！

——张　毅

加入美丽乡村建设志愿者，使我受益匪浅，拓宽了视野。不单单是整洁的村庄环境，良好的公共服务，更有秀美的田园风光和积极向上的精神风貌。

——欧　蓉

要成长，来西部，想成长，来基层。基层的工作千头万绪，基层的人民淳朴善良。志愿西部，是我无悔的选择。不管以后的日子如何，只知道现在的我必须努力去学习未知的事情。

——刘开遥

在这将近一年的志愿服务经历中，我努力践行志愿精神，尽己所能，服务社会，积极投身基层，投入基层工作，用最好的青春贡献一份属于自己的力量。

——杨　敏

踏足这片青山绿水的土地，我们的初心在这里燃烧。生命之火生生不息，这里仅是起点，让我们展望未来，立于群山之巅，绽放青春绚丽之花。

——杨　雄

雄关漫道真如铁，而今迈步从头越，我将用青春在西部这片热土上书写奋斗的篇章，把有限的生命投入到无限的全心全意的服务中去，实现自己的人生价值。

——陈忠纯

奔赴西部，扎根乡村，用一年的时间，做一件让自己终生难忘的事，支教一年，支教一生，尽己所能，全力以赴。这份爱的种子，我们将永远传递。

——孙　娆

带着昂扬的激情，怀着坚定的志向，乘着无限的期许，载着美好的向往。我们，愿以持续的热爱和温暖，为孩子们指明方向、照亮远方。

——李可欣

生活时而甜美、时而苦涩。我在参加志愿者的这段时间，我学到了很多，最大的收获就是发现自己的不足并努力克服。

——胡承智

有一分热，发一分光。在这里，有这么一群人，在平凡的岗位上，以自己的方式发光发热，无数的微光汇聚成时代暖光，用青春底色绘青年之姿。

——郭　晓

参加志愿者服务，我不仅学会了如何去帮助他人，还学会了如何更好地了解别人的需要。在这次服务中，我也意识到，只有当我们真正投入到社会服务中，才能感受到真正的满足。

——张　悦

在志愿服务过程中，面对工作、生活、学习中的诸多困难和环境的新变化，锻炼了不畏惧、不退缩的精神，不断提升理论素养和综合素质，努力践行着志愿服务宗旨，希望能在未来的工作生活中更好地服务于社会。

——吴邦兰

紫云县西部计划志愿者的生活，就是漫长而乏味的生活中开出的绚丽之花。在为民服务中收获肯定，在辛勤劳动中收获幸福，不虚此行，不负遇见。

——班灿灿

砥砺前行之路，如春风吹向大地，虽道阻且长，但志愿于心。青年志存高远，青春始于奉献。理想风帆奋斗不息，蓬勃朝阳指引前进方向。不负青春，无愧时代。

——罗　娟

青春的意义在于奋斗，而不是享受；奋斗的意义在于奉献，将青春奉献于基层，丰富青春原本的内涵，感受生命最诚挚的美好。

——张月益

从广州出发，奔赴赫章，明月鉴心，伴我一路黔行。祖国在召唤，青春在飞扬，怀一颗赤子丹心，我和西部人民一同走上乡村振兴的康庄大道。

——廖泊宁

奉献是青春年华的赞歌，是人类高尚的灵魂，它不在书中纸上，在志愿践行的脚印中，在人民幸福美满的笑脸上，在广大志愿者勤奋的身影中。

——龙子豪

从“小”开始，以“小”见大；勤恳好学，取长补短；好学不倦，夯实基础；修身养性，立足于本；志愿先行，争当楷模；西部之旅，永不言弃。

——蔡仕江

你是大海里的一滴水，荡涤着人类的灵魂；你是原野中的一团火，燃烧着美好的希望；你是天空中的一片云，点缀着宏伟的蓝图！你究竟是谁？你终究是谁？其实你就是大无畏的志愿者！你就是人们内心深处最真实的自我！

——陈　绪

大千世界，来自五湖四海的我们成为了各行各业中的一分子。传递爱心，让世界充满爱；“赠人玫瑰，手留余香。”做一名快乐的志愿者！

——郎启荣

“用一年不长的时间，做一件终生身难忘的事”这一句话是多少赫章县西部计划志愿者的初衷，当然也是我决定参加西部计划的初衷。从大山走出来的学子，学成归来，也将走向大山，带领更多的学子走出大山，改造大山，向往大山。

——张　丽

有这么一群人，他们急群众之所以急，想群众之所以想，将“全心全意为人民服务”宗旨贯彻落实到底。他们都拥有同一个身份、同一个名字：志愿者。

——吉　念

以星点之光，汇志愿之火。志愿的路，注定与别人不同，攀越山峰，在志愿中学习、成长，用青春之汗水，挥洒在志愿路上，给人生增添不一样的色彩。

——杨　娟

经过这半年的志愿服务，我深刻体会到工作的辛苦，也更深地感受到了由于付出而收获的快乐。我走出了理论知识，落实于实际生活，真正做到了理论与实践相结合。

——杨　梨

有人说，人生不是索取的枯井，不能一味地索取，而是赠予的温泉。我很赞同这种观念，志愿者在社会的各个地方奉献着自己，将自己的毕生所学用在相应的地方，为人民群众带来不一样的温暖。

——龙　凤

寒冬已过，暖春亦至，恰如几年的疫情防控阻击战，无数医务人员义无反顾驰援疫区，无数不知名的志愿者前仆后继奔赴一线，终迎来春暖花开，繁华与共！

——侯　熙

快乐的时光总是短暂的，我愿当一名默默奉献的小志愿者，从生活中的小事做起，从身边做起，践行雷锋精神，做新时代的好少年。

——冉　春

奋斗的青春最美丽，奉献的青春最动人，大学生赫章县西部计划志愿者带着知识，带着本领，带着希望，到西部、到基层去撒下一颗颗希望的种子，让青春之花盛开在祖国最需要的地方。为实现中华民族的伟大复兴贡献自己的一份力量。

——谢燕明

走向祖国需要的地方去，践行最初的梦想，我们的信仰是爱心，我们的付出是誓言，我们服务的是群体和社会，我们来自五湖四海，燃烧着青春的烈火。

——严信选

践行志愿精神，青春更见风采。把有限的生命投入到无限的为人民服务中去，把对社会服务的热情化为实际行动，让社会充满人文关怀的温暖气息。

——燕义红

大学生参与志愿服务是一种实现自身价值的形式，是一种寻求上进的具体表现。在志愿服务的体验中，我明白了时刻以青年志愿者的身份严于律己，时刻身体力行着奉献、友爱、互助、进步的志愿精神，做一名合格的为他人着想的志愿者。

——张宇栋

志愿服务爱心献，律己修身心胸宽。拼搏进取多努力，乐观向上不畏难。扶残助困好风尚，社会责任勇承担。道德建设结硕果，和谐神州春满园！

——龙晓燕

一代人有一代人的长征，一辈人有一辈人的使命，选择踏上西部计划道路的初心是年轻，当所有人都在被推着向东而走，我却偏要向西而行。我们不负时代，踔厉奋发；我们本着初心，不负韶华。

——陈玉琴

志愿服务是一段心灵拉近的过程，是一段体会多样生活的经历，是一段认识提升自我的机会。在大事难事见担当，危难时刻显本色，这是大学生该有的样子。

——管　焕

去成为一个志愿者，守护孩童时期的幻想，守护少年学习的初心。

——夏　蓥

只有承担过的青春才会更加厚重，只有奉献过的人生才会更加醇香。

——罗恩艺

走进志愿者的行列，高尚的情操在你我心中，社会需要我们，时代呼唤我们，志愿者的双手，撑起博爱天空，让爱心点燃火炬，温暖春夏秋冬。

——肖仁平

我们带着一腔热血投入志愿之中，那愿景的花绽放便是最好的奖赏。

——崔　涛

志愿者，为了让世界充满爱心，愿做尘土，飘散四方；为了让黑暗得以照亮，愿做群星，撒向天空；为了让大地开满鲜花，愿做种子，深埋土中。

——黄英宇

用你的双手去践行志愿活动，用你的汗水去浇灌志愿之花。

——杨彩惠

来自你我的一丝心愿，聚成七彩的一束阳光；点燃社会的一份关注，情暖山区的每一名学童。

——邹雨浪

一颗爱心，一份责任，尽己所能，只为青春无悔。

——陈卓然

爱心在我心，用双手播撒希望，让温暖的阳光洒向每一个需要关爱的角落。

——马宇杰

心中有爱，脚步无畏，助人为乐，成就无悔的人生。

——马宇杰

你一点，我一滴，服务的贡献汇聚成溪流，浇灌生命的希望。

——王金荟

志愿服务不仅能让被帮助的人感觉温暖，也能让给予帮助的人感到温暖。

——徐峥珲

小荷微微翘，志愿比天高。友善助比邻，城市更美好。

——何煜薄

我们是志愿者，就如萤火一般，也可以在黑暗里发一点光，不必等待炬火。他们有光，所以我们充满希望。

——刘敬钦

若生命不息，心跳不止，那我将把温暖传递下去，等待一场盛大的天明。

——罗仕宜

志愿路途远且长，应坚定走下去，用有限的一生，赢来无限的光明。

——王保鸿

愿做群星，照亮黑暗的角落；愿做种子，让大地开满鲜花。

——徐　美

少年一关快马扬帆，道直且长不转弯。要奉献，要自愿，要坚韧，要为了一片海,就肯翻万山。

——张清怡

爱不是永续存留于人世间的，因此需要我们一次又一次地传递。

——邓　清

播出志愿的种子，在雾霾散尽之时，春雨润物之际，会发出爱的嫩芽。

——李　鹏

凝聚微光，便成星河。世上从未有过从天而降的英雄，有的只是挺身而出的平凡人。青年志愿者们，肩扛责任，众志成城。有你们，真好!

——王　涛

每个微笑的背后，都有一个纯洁善良的灵魂。每次助人的背后，都有一份情不自禁的喜悦。

——黎　爽

暖暖冬日，“玉见”最美，倾心志愿，你我同行。青春的种子在家乡大地上开出了最绚丽的花。

——李兆荣

我将奉献自己，如同这个时代的砂砾，奉献于每一次生命的闪光之处。

——李　倩

志愿服务播撒了凡人善举的种子，让文明之花处处绽放，在未来秋丰之时，必带来万般温暖。

——蒋苏明

只有纯粹的温暖才能温暖人心。志愿服务就是让纯粹的温暖传递，让爱延续。

——陈　新

经历过助人的欢乐，传递雷锋般的精神。且把眉毛抚平，看清风吹过的角落，有人微笑着回应。

——伍希碧

那天我看见你笑，不只眼睛；能触摸你，不只灵魂；我的青春高举着奉献的旗帜，我愿见到爱绽放在你眼中。

——班国妹

助人者,人恒助之，善人者,人亦善之。用心换心，才能让人与人之间更美好。

——杨　晋

一份责任，一种能力，一颗爱心，一腔热血，服务他人，尽己所能。

——余雯静

或许，一个志愿者的奉献很小，小到看不见，但每多一位志愿者，这个世界就会多一份阳光，多一份笑容，让他们感受到来自社会的关怀。

——邹云云

让我们开始给予，这是我们的选择，生命虽不常伴爱意，但只要你肯倾注，会有更好的世界！

——谢艾心

花香鸟语春正盛，奉献自我正当时。
给予奉献之水，滋润干涸心灵。

——张占婷

身为中国青年，满怀对祖国和人民的赤子之心，积极投身党领导的革命、建设、改革伟大事业，为人民战斗、为祖国献身、为幸福生活奋斗，到西部去，奉献自己的青春，谱写青春之歌。

——郭　颖

参加西部计划之前，我们都是带着梦想，带着光环，带着想象中无上的光荣和使命，但是安定下来就会发现，基层的工作很平凡，也很平淡，没有什么惊天动地的壮举，只需要努力做好每一件小事，努力尽到每一项志愿者应尽的义务。无论来之前后有多大的落差，都要坚定自己的信念。

——蒋尚华

心之所向，行之所愿，只为青春无悔。为乡村建设献一份心，为环境保护出一份力。

——王　红

从服务当中，我学会了沟通、文字表述、能力协调、团队精神、解决问题以及勇于应对压力。通过志愿服务活动，让我更加懂得尊重他人、合作、担当，让我更加深刻地感受到服务社会的重大价值，以及作为一名志愿者的重要责任与义务，让我获得最大的成长。

——文　悦

“到基层去，到西部去，到祖国最需要的地方去”西部计划给了我终生难得的经历和财富，在最好的时光里添上最好的回忆，给有限的青春添上了无限的意义。

——周远平

弘扬志愿精神、奉献青春力量；做人民群众的守护者，展现新时代青年的朝气与担当。

——杨光涛

我的足迹遍布西部，我的热情洒满基层，我的奉献将是我余生的价值！

——熊更降

八月，正是盛夏时节，如火的骄阳犹如我满腔的热血一样沸腾着，我怀揣着二十岁的梦想和激情开启了我的志愿者生活。

——李绍秧

“志”在祖国，“愿”在行动。青春一路向阳，我们在路上。

——冯　继

青春要献给基层、献给人民群众。当我们选择了这条路，就要勇敢地走下去，为自己的青春负责，为广大人民群众负责。

——徐　鹏

生于西部，回归西部，扎根西部，奉献西部。

——龙　晰

志愿路上，不仅有世间温暖，还有繁花似锦。

——杨　芬

携手志愿，用心服务，点缀社会，美好城市。

——袁公霈

团结在一起，心连心，手拉手，用真诚的爱心，服务他人。

——曾泉玮

倘若你看到了我闪耀光芒的标志（志愿者），就尽管召唤无妨，别客气。

——杨林韬

带着年轻人独有的激情，与一群志同道合的同行者，去做一点有意义的事情吧。

——付超波

志愿服务无处不在，从小事做起，从现在做起，用汗水装点青春，让我们一起成为志愿服务的践行者。

——李长生

少年恰青春，志愿正当时。奋斗是青春最亮丽的底色，志愿是人生最特别的经历。

——谢学琴

- 碧海沉白玉，青山掩金轮。问君何所去，志愿在黔（前）行。

——许奥齐

- 趁年轻，趁现在，去基层，去村组，去祖国最需要的地方磨炼意志，锤炼品性，筑牢基础，奉献自己的满腔热血。

——李昌会

- 做志愿者的时光很奇妙，见证了一个人的成长。

——高婷婷

- 爱心献社会，真情暖人心，矢志服务，成就美丽人生。

——龚承建

- 青春不是一段时光，而是一群人。西部计划是我滚烫的青春里永远沸腾的一章。

——霍　芳

- 愿以无私付青春，造福千万献真心。成就莫属望笑脸，感动世间众微尘。

——欧　英

- 为他人送上一份温暖，给自己留下一份快乐。

——韦世兰

一颗志愿服务心，一片幸福见真情。

——肖　美

志愿者举手之劳的点滴爱心，为群众解难、为政府分忧、为文明助力。

——贞熊贤进

你出力，我出力，建设祖国靠大家；一颗爱心，一份责任，尽己所能，青春无悔。

——舒　江

用一年的时间，做一件终生难忘的事，默默地把“奉献、友爱、互助、进步”的志愿精神发扬光大。

——叶俊秀

青春最美的声音在于奉献，听——它在呼唤我们!

——周政宇

志愿者的道路一旦选定，就要勇敢坚定地走下去。

——徐钦源

爱心是志愿者最好的舞台，奉献是志愿者最美的语言。

——赵　美

用点滴奉献汇聚大爱，用无私精神投身志愿服务。

——卞欣宇

用一两年的时间，去做一件有意义的事，让自己终生难忘，将青春的热血挥洒在祖国的大地上，散发出青春的光芒。

——张洪芳

青春当有奉献，让我们为了祖国的发展，去做一件终生难忘的事吧。

——杨美林

投身志愿服务，用行动践行“初心”。

——李朝艳

想让自己的青春添上独特的志愿色彩，便坚定信念勇往直前！

——韦恩玉

把满腔热血，洒向西部。青春说走，咱就走。

——郭　贵

志愿青春行，勇担时代责任。把心留在这里，把爱留在这里。

——罗　卉

趁着年轻，我们应该到基层去、到祖国最需要的地方去，志愿服务我践行。

——潘晓兰

志愿者是我们的名片，服务是我们的宗旨，欢笑与眼泪都是成长，成就最终的我们。

——罗松艳

积极投身于志愿服务，积极奉献于人民，以志愿服务为新起点，踏上人生漫漫长路新征程。

——罗程桂

我们的名字叫志愿者，我们的责任是奉献。

——吴　敏

少年应有鸿鹄志，当骑骏马踏平川。我等青年志愿者用青春之力量，书写青春之荣光，让志愿精神永远光芒万丈！

——吴传霞

有一分热，发一分光，即使是荧荧微光。

——车龙茜

志愿服务是一缕春风，我是春的信使！

——罗玲娜

以青春之名作画布，以志愿之心作画笔，让青春在奉献中焕发绚丽光彩，让青春在祖国最需要的地方绽放。

——李佳琳

青春总要有一场奉献的旅程吧！风雨兼程用爱披荆斩棘。

——张紫微

与伙伴，抗击疫情的共克时艰；做志愿，烙印青春的难忘印记；去服务，奉献自己的暖心力量。

——周　倩

有一种青春，叫作奉献；有一种奉献，叫作甘之如饴；只有体验过，才叫不后悔。

——丁俐丹

志愿之行，尽自己所能，解他人之忧。

——葛　燕

事无大小，尽己所能，于奉献中前行，于奋斗中成长。

——李　春

新时代新青年，在志愿路上谱写专属于自己的故事。

——张兴梦

我以志愿者的身份俯身在山野田地之间，脚踩泥泞、挥洒汗水，试着成为一个有“泥土味”“汗水味”的新农人。

——付国平

青春向前时，我们不能选择停留，我们要趁青春投身在志愿服务中，享受青春。

——李安磊

作为新时代新青年，作为西部志愿者中的一名，做好工作中的事，提升能力，是我们志愿服务的重要一课。

——徐华泽

“最美的青春年华，能够怀抱着燃烧的信念，带着一往无前的勇气，以自己青春之朝气，去唤醒整个社会的青春之魂，这是一件多么值得骄傲和自豪的事情。”再微小的光也是光，坚持信念，用点点星火照亮祖国大地，是每位志愿者的责任与义务！

——龙亚贤

青春是美好的话语，梦想是远航的起点，志愿服务是奋斗的舞台！有一种声音是悦耳的，有一种问候是上心的，有一种微笑是真诚的，有一种童心是最真挚的！奋斗的青春是光明的，奉献的初心是真挚的，服务的回报是暖心的！

——吴龙柳

这里不需要什么激昂的壮语，华丽的辞藻，空洞的口号；只需要一颗平凡朴实的心，踏实肯干的态度，乐于奉献的精神和不畏艰苦的意志。热爱公益事业，践行志愿精神，让志愿精神永放光芒。

——罗小牙

奋斗的青春最美丽，努力将小我融入时代洪流。今后我将继续坚持本心，发挥志愿者力量，弘扬志愿精神，书写更加精彩的青春篇章。

——罗倩倩

践行着当代大学生“到基层去、到西部去、到祖国最需要的地方去”的庄严承诺，我始终秉承着“奉献、友爱、互助、进步”的志愿精神，走在志愿服务的道路上。经历磨砺，摆脱稚气，走向成熟，把自己的爱心、自己的青春奉献给祖国最需要的地方，能更好地实现人生的价值。

——余远念

志愿者是个神圣的名词，是爱心的代言，没有报酬，没有掌声，没有花环，有的只是一种默默奉献的精神。在志愿活动中，我找到属于自己的价值，也在志愿活动中学会了思考人生的态度，获得了看待人生的机会！

——郑淅丹

志愿者的脚步是青春成长的印记，我们一起见过白日当空的烈日，一起见过黑夜轮挂的明月，志愿团体永陪伴，志愿的脚步不停息，志愿的接力棒永传递。

——陈福银

志愿者是传递爱心和传播文明的使者，他们做的是生活中有意义的事，谱写的是人生中辉煌的乐章。

——吴东菊

扬志愿服务风帆，乘奉献长风，撒基层汗雨；享动心忍性之途，破青春迷途之浪，济复兴沧海。

能看到多远的过去，就能看到多远的未来，志愿者虽然平凡，却因做好每一件平凡的事而不平凡。

——刘　梅

志愿没有定义，我永远向阳而生，向着光的方向，追随光、成为光、发散光；在志愿服务的星辰大海里，我是那一星半点，渺小又微不足道的温暖，但又必不可少。

——邹吴艳

作为一名志愿者，要深入基层不畏艰辛，在工作中尽心尽责，把最好的青春年华奉献在祖国最需要的地方。

——吴兰英

志愿带来希望，支教致敬青春，用最赤诚的真心，看最纯粹的笑脸，做最有意义的事。

——庞雨涵

作为一名志愿者，我生逢其时，当不负使命，以实际行动践行新时代新青年的使命与担当。

——管尤佩

每一寸土地，都要用脚步去丈量；
每一捧美好，都要用双手去创造；
每一次感动，都要用真心去感受；

每一份初心，都要用青春去践行。

——张元玟

志愿服务是一条永不止步的文明之旅。因志而行，因愿而动。栉风沐雨，坚守志愿。志愿服务未必一路光芒万丈，但始终温暖有光!

——乔　怡

当我遇见你时，你给我的是一个温暖的微笑；当我靠近你时，你给我是一种不求回报的帮助；当我走近你时，才明白其实你也有悲伤，有迷茫，但是你却很坚强。

——叶菊梅

春风吹过，唤起志愿的初心。凛冬将至，仍不减奉献的热情。用一至三年的时间，去收获一段冲击心灵的回忆。不忘初心，砥砺前行。

——简明飞

志愿服务，奉献社会，成长自己。

——吴道贤

在有限的青春，赏无尽的风景，阅无限的故事，做最有意义的事。把每一滴热血播撒在辽阔美丽的祖国。成长、收获，丰饶、振兴乡村，共同进步。

——马　冀

青年志愿者，让世界不再冰冷、这是职责；让世界充满爱心、这是使命。为了照亮黑暗的角落，愿做群星，撒向天空；为了让大地开满鲜花，愿做种子，深埋土中。一颗爱心，一份责任，尽己所能，只为青春无悔。

——张　琴

选择热爱，不负青春。用自己的热情和力量，在艰苦中实干，在实干中奉献，在奉献中成长，以热爱回馈青春梦想，坚持用实际行动回报社会。

——彭红玲

尽己所能，不计报酬，帮助他人，服务社会，践行志愿精神，传播先进文化，为建设团结互助、平等友爱、共同前进的美好社会贡献力量！

——陈　卓

总有一种感动无处不在，总有一种情怀轻舞飞扬，总有一种生活在别处闪动异样的光彩，总有一群无私的人默默奉献，服务在最前线。

——朱平爱

用实际行动书写温暖篇章，蓄势待发，开拓不止，身后是脚印，前方是太阳，不必徘徊顾盼，只需奋力前行，我们就能赢得胜利，赢得未来。

——刘　涛

如果青春只能有一种颜色，那我的青春一定是红色。矢志不渝紧跟党的号召，将自己的满腔热情奉献在祖国和人民最需要的地方。

——罗　靖

每一代逐日移山的青年，都有自己奋不顾身的热爱。作为青年志愿者，我愿将热爱和青春洒向脚下这片土地，因为我相信，未来一定会有蝴蝶振翅的力量！

——杨茂林

我将无我，不负韶华。那一年，我们以青春之名赴志愿之约，在基层这个广阔的大舞台上尽情施展自己的才华。奉献祖国，纵有千难万险，也决不退缩。

——熊茁群

心有所志，行有所愿，我服务，我快乐!

——张　健

作为一名志愿者，我怀着的是一颗为人民服务的心，我所做的一切，都将是为了人民。将青春奉献在祖国的土地上，我感到无比光荣。

——刘　梅

两年的志愿服务经历让我更加坚定自己为人民服务的信念，让我更有勇气面对未来。今后，我将努力改正自身缺点和不足之处，严格要求自己，继续勤奋工作，做好服务工作，弘扬爱心精神，传播志愿精神，为建设美好的未来而努力奋斗！

——钟升姮

志愿者的生活是温暖的、是催人奋进的，在九月新冠肺炎疫情防控时，我们不断地奔波在各志愿者点位，明白生活的美好是需要有人在艰险岗位奋勇前行，守护人间温情。

——王淑进

“捧着一颗心来，不带半棵草去”。奉献爱心，弘扬新风，帮助他人，完善自我。在这春光灿烂中，我们心存感激，希望更多的青年志愿者与我们一起凝聚奉献之力，播种美好未来。

——张张平

恪尽职守，筑疫防线，我以一名志愿者的身份为在疫情防控路上的坚守而骄傲；不忘初心、牢记使命，我以一名中共党员的身份为在疫情防控路上的逆行而自豪；团结力量，勇往直前，我以一名疫情防控参与者的身份为在疫情防控路上的贡献而无悔。

——杨定华

没有一个冬天不可逾越，没有一个春天不会到来。再大的寒风，也击不倒我们的热情服务与真诚坚守，但行好事，莫问前程，哪里需要，我们就去哪里。我们是志愿者，同时也是受益者。

——张兴兴

在这半年多的志愿服务中，我体验了最基层的工作。作为一名青年党员，我始终坚定理想信念、弘扬志愿精神，全身心地投入到基层一线，让青春在奉献中绚烂绽放。

——申 燕

有一种热情叫作奉献，有一种坚守叫作执着，有一种青春叫作无悔。作为一名志愿者，要有稳固的理论基础，以及踏实的工作作风，才能提高自己的思想意识，才能更好地为基层文化提供更为优质的服务。

——戎海娟

志愿者，一个没有国界的名称和一群不为任何报酬、心甘情愿为社会播撒文明与爱的人。“志”和“愿”两个字都有一颗心，当心与心靠近时，城市的脉搏更强劲。汇聚了众人的力量，就能打开时代的大门。

——曾渝媛

来自五湖四海的我们常常无法做伟大的事，但我们可以用伟大的爱去做些小事。我们愿做群星撒向天空，照亮角落；愿做种子，深埋土中，扎根基层。

——陈 宇

这世上，可能确实没有超级英雄，不过是无数志愿者都在发一分光，然后萤火汇成星河。我们没有生而英勇，只是选择无畏，继续发扬“文明其精神”的崇高精神。

——赵庆祝

在基层耕耘，深刻感受群众的心愿，为之做出努力，也是我长久奋斗发展的动力！成为志愿者来到岗位上，从了解群众的生活开始，从身边的点点滴滴做起。

——冯佑超

加入志愿者至今，我收获了很多。对环境、同事、工作都从陌生到熟悉。在岗位上，我个人也不断得到锻炼，接下来我将继续努力坚守。

——华　碟

志愿服务活动是以满腔的热情、职责感和自觉行动服务于社会，我们的行为没有轻重之分、大小之分、高尚和平凡之分。重要的是有坚韧不拔的信念和日积月累的努力。

——高瑒菊

我愿以青春的热血浇灌年轻的生命，在这片充满生机的土壤上，成长为茁壮的大树。在我每每忆起往昔，能让我体会到岁月的价值与可贵。

——李婷婷

志愿者工作开展越深入，越凸显自己知识的浅薄。每当觉得自己还可以的时候， 现实时刻提醒你，基层工作不只是简单浮于表面。现在的我正在慢慢地爱上这份工作，痛并快乐着！

——赵　焦

不忘初心，砥砺前行。我将继续把自己的汗水挥洒在志愿者工作的每个角落，留下那些难忘的瞬间，带着自己满怀希望的赤诚之心一直走下去，不达目的不放弃！

——郭彦伶

作为志愿者，我深刻体会到了服务他人的快乐。在志愿服务活动中，我不仅帮助有需要的人解决了生活问题，也深刻地认识到了社会责任的重要性。通过这些活动，我更加努力地学习、工作和生活，希望自己能够为社会做出更大的贡献。

——刘诗薇

青春遇见“志愿”二字，使我驻足，亦使我停留，从而让志同道合的我们一同走过岁月里不平凡的时光。成为基层志愿者，是我最不后悔的事之一。

——赵　琴

疫情防控期间，分到卫计办的小伙伴虽夜以继日地忙碌，但我们在做完核酸之后，也会一起去帮忙打包物资。青春的光影层层重叠，来来往往地走过了好多人。遇到志同道合的人十分难得，这份情谊值得珍藏几十年。

——田亚莲

有一种青春叫志愿服务基层，带着知识，充满激情，胸怀抱负，用绵薄之力做一个圆梦人。辛苦我一个，幸福千万家，记得来时之路，不负青春，不负韶华！

——李　杭

人生中的第一次远行，便是来到贵州成为一名志愿者。在其位，体其味，在基层工作的每一天、遇到的每一件事都像生活调色板，我们要争取做最炫的调色师，用这短暂的青春绘制人生难忘的岁月！

——胥义银

奉献是用爱心铸成的一道彩虹，五颜六色，清新飘逸，带给人们温馨与快乐。有这样一群人，他们热情无私，他们阳光开朗，他们真诚善良，他们奉献着自己的青春，他们有一个共同的名字：志愿者。

——杨　兴

作为一名志愿者，我深刻地体会到参与基层治理、疫情防控等志愿服务活动的重要性和意义。在志愿服务过程中，我与其他志愿者相互学习、相互激励，共享志愿服务的经历，让我更加深入地理解团结合作的力量。同时，通过我们的引导和带动，越来越多的群众参与到志愿服务活动中来，一起建设美好家园。

——万智杰

志愿服务需要坚持和耐心，有时候会遇到一些困难和挑战，但只要我们坚持下去，就一定能够取得成功。最后，我想说，志愿服务不仅是一种行为，更是一种精神和态度，让我们用爱心和关爱去影响身边的人，让世界变得更美好。

——王　晶

在奉献中感受生命的意义，在服务中无私帮助他人，在奋斗中提升价值与能力。用心做好一件事，用爱传递一份温暖，用青春给心灵一次洗礼。

——罗　霜

当大大小小、万紫千红的焰火升上天空的一刹那，努力绽放自己的缤纷时，人们为它的美丽而欢呼，接着它就悄无声息地融于夜色之中。它不怨恨自己生命短暂，毕竟它为夜空增添过斑斓的色彩，重要的是它为夜空奉献了自己。

——曾梓函

有一群义无反顾奔赴基层的志愿者，厚植国家情怀，勇担时代责任，红马甲便是我们对青春最好的诠释。

——孙运婷

真实地接触、体验和实践，是体会西部计划志愿服务基层含义的有效行动。

天南地北，缘分相牵，为了共同的责任与担当，我们加入了志愿者队伍。时间虽短，情意却长，一起奋斗的快乐超越了所有困难。

——曾宏诚

“现在的青春是用来奋斗的，将来的青春是用来回忆的。”开展志愿服务工作中，我们会和孤寡老人、困境未成年人打交道，为他们送去温暖和关怀，这些工作经历，将是我们不负青春的最好印记。

——唐明婵

在开展志愿服务的这三年，我凭着一颗质朴、善良的心，以兢兢业业勇于创新的作风，以昂扬的斗志积极践行着志愿精神，铺就我绚丽多姿的志愿之路，谱写着我如歌的青春。

——张　巧

生在阳光下，服务在基层中，群众的需要是我们的动力，为群众服务是我们的使命，在志愿服务中感受人间温情，在努力中不断进步，为梦想而奋斗。

——刘静静

“星光不问赶路人，时光不负有心人。”在该奋斗的岁月里，对得起每一寸光阴。没有欢笑的青春不完整，没有眼泪的青春更是一种残缺。很荣幸，参与了这份工作，很幸运，磨炼了自己的心性。

——刘　磊

服务期间，我和其他志愿者相互学习、相互激励，共同分享志愿服务的经历。在服务的过程中，我不仅帮助了他人，又通过自己的绵薄之力，让更多人喜欢上了志愿服务活动，并且投身到志愿服务中去，为此我倍感自豪。

——梁秋实

志愿精神将如火种那般，留在所有亲历过、见证过、感受过的人心间，温暖每一个终将过去的冬天，照亮全人类一起走向未来的路。

——易　颖

汗水浸透衣裳，是志愿者奋战基层的决心；键盘啪啪作响，是志愿者在谱写时代的华章。无问归期，携青春弘扬志愿精神。

——张　琴

有一种契机，使我成为志愿者；有一种缘分，是你选择我成为同事；有一种善良，是他（她）帮助我成长。承蒙时间不弃，感恩一切给予。

——李玉婷

志愿服务就是一种生活态度，选择做志愿者就是一种生活方式。“赠人玫瑰，手有余香。”在奉献的同时，也收获精神上的愉悦与满足。

——杨优桃

创文承载幸福梦，志愿点亮开阳城，奉献的人生最美丽，奉献的人生最精彩。扎根基层一线，绘画青春梦想；深耕乡村沃土，绽放青春之花；浇灌群众心田，践行青春誓言。

——唐　金

青春的底色应该是充满活力与激情的。我们是青少年，就应该焕发出青春的光彩。人生的选择可以有很多种，但我们恰好选择了志愿服务这条路。

——陈倩倩

志愿服务于乡村，就要用自己的双手去帮助一位位特殊的群众；要用自己的身躯去温暖一户户贫困的家庭；要用自己的所学所长去建设美丽乡村。

——丁　莉

青春应为多彩的，应为无私奉献的。青春不仅仅是月亮、林荫般的清新明净，也应像太阳、大地般发光发热。志愿服务是契机，甘于奉献才是我们的青春色。

——范信灿

作为一名志愿者，我愿意做一缕春风，践行奉献、友爱、互助、进步的志愿精神，立足自己的岗位，服务群众、服务社会，为推进西部大开发贡献自己的力量。

——刘星名

志愿先行，在这期间始终以“为人民服务”为宗旨，通过参与疫情防控工作、志愿服务队伍等形式进社区开展党的二十大精神宣讲等活动，我明白了志愿服务的意义。

——罗　珊

为志愿加上信念。有了信念，清寒的春风将变得温柔；有了信念，寂静的夜会变得绚烂，有了信念，再艰苦的志愿生活也将变得充满激情。

——严云杰

作为一名在岗的志愿者，从刚开始的手足无措到现在的井然有序，离不开在基层工作岗位上每个人的支持和帮助，希望自己在日后的志愿生活中保持初心，砥砺前行！

——涂广雪

趁年轻，去做自己想做的事情，我们都会有好运气!在我看来，任何事情都有两面性，好与坏还是要看我们自己怎样去看待。希望通过志愿服务，让青春在禾丰乡留下属于自己浓墨重彩的一笔!

——吴晓玲

不去经历怎知艰苦，街道教会了我基层志愿服务工作的内容，团委每一次的抽调活动则教会了我如何服务群众，这些经历都是我人生中浓墨重彩的一笔，是我蜕变的资本。

——凌圣轩

群众在哪里，志愿服务就延伸到哪里，让志愿服务蔚然成风，让志愿服务在基层落地生根，志愿服务我们一直在路上。

——黄　婷

青春，当来一场志愿服务与乡村振兴的“双向奔赴”。要以“不破楼兰终不还”的决心投身乡村发展事业，用汗水的浇灌推动乡村振兴“开花结果”，让青春之美在基层大地上澎湃涌动。

——欧飞岚

不管我们是为什么来当志愿者，为生活也好，为生存也好，为国家也好，为西部也好，为人民也好。总之我们来了，做的就是贡献。

——丁　柔

志愿者是青春里的一场重要经历。敬老院里与老人们闲聊家常，特殊教育学校里和孩子们游戏互动，青青河边留下的捡拾足迹，都是青春里不可或缺的风景。

——冷红梅

青春逢盛世，奋斗正当时，满怀憧憬，一路向西，踏上前往西部计划志愿者的青春列车，与初升的太阳一起闪耀红色的光芒，与生机蓬勃的湄潭翠芽一同共浴朝露，把青春年华挥洒在祖国最需要的地方，此生无悔！

——李胜义

奋斗，是开拓之美；质朴，是温情之美；以螺丝钉的精神对待学习和工作，是坚韧之美；对祖国、对人民永远敞开最火热的胸怀，是奉献之美！尽一点微薄之力，当一名圆梦之人！

——肖萍萍

真正的美好，是用心去感受和体会。真正的梦想，就是收获希望的果实。让我们凝心聚力，团结共进，真诚待人，服务他人。将志愿精神继承下去。

——李梦竹

从村到社区，从千人到万人，不仅是量级的增加，更是质的飞跃。作为青年的我在家乡的土地上踏过青春的脚印，留下奋斗的身影，更需要接过熊熊燃烧的志愿“火炬”。

——熊盛凯

一份真诚，千万心愿。志愿者之路，走在脚下，点滴积累成为人生经验。用爱心，传递温暖，让社会变得更美好。感恩义务，不求回报，简单纯粹，是志愿者最美的风景。愿我们凝聚热情，共同前行，让爱无限延伸。

——陈金泽

“志”在心中，“愿”在行动。一场没有硝烟的战斗，从白衣天使到人民子弟兵，从科研人员到社区工作者，从古稀老人到“90后”“00后”青年一代，不负青春，不留遗憾，以生命赴使命，用挚爱护苍生。

——傅　先

2022年的夏天，走出校园，在人生抉择的路口，我毅然决然选择加入西部计划志愿者，投身西部建设，用宝贵的青春在西部大地上为祖国的美好明天添砖加瓦。接过前辈手中的接力棒，在一代又一代的有志青年的努力下，相信世界因此而美丽。

——周温亮

当老师最值得的地方在于立德树人。在校的时候，或许在班上，或许在转角，不经意就会与感动撞个满怀。有幸成为一名支教老师，使我的23岁格外有意义！

——黄雨晨

中华民族伟大复兴，需要我们这一代人共同努力，尽管做的是微不足道的事情，但是众人的力量会汇聚成江河。我们要有这样觉悟，扎根基层，为老百姓做务实的事情。

——张清清

用青春与热血，去完成一件事，去融入情感，去了解事实，去走访民情，去“助人”，去“乐人”，在其中提升、完善、发展自我，精神与心灵得到满足，这便是志愿！

——陈佳佳

志愿如歌，青春绽放。志愿时光如诗歌一样，听着前辈们慢慢地讲述每一个绽放青春的故事。希望故事中也能听到我自己的青春。

——李雪珂

跨过山川湖海，走上三尺讲台，成为少年的引路之人。看到学生们求知若渴的眼神，听到学生们眼里闪光地聊梦想，约定在未来再次相见，我为支教的点点滴滴感动。心存希冀，追光而行，让我们一起并肩而行，不负青春！

——谢杨畅

青春如同一艘远航的船，不经历狂风暴雨，怎能见到彼岸那迷人的风景。微笑是他们娇艳的容颜，真诚是他们瑰丽的色彩，奉献是他们摇曳的身姿，爱心是他们迷人的芬芳，他们是志愿者，盛开在每个需要帮助的人心里。

——迟　翠

我们志愿服务学生，用粉笔在黑板上书写下对于孩子们的关怀与祝愿；我们志愿服务学校，用多彩活动与严谨工作建设孩子们学习生活的美好港湾。

——杨亦霏

奉献，不是无数承诺，而是无须承诺就付诸行动；友爱，不是虚拟假装，而是从心到心，将心比心的贴心。志愿服务源于心，献出爱心在于行。

——黎红军

用自己微小的身躯，组成疫情防控的长城，守护民众安全；用自己微薄的力量，化解矛盾，维护邻里和谐；参与志愿服务活动，皆是因为热爱，热爱这一片土地。

——陈文梁

志愿服务是奉献社会、服务他人的方式，是传递爱心、播种文明的过程 。用自己的实际行动去创造一分热，去发一分光，尽自己所能去温暖身边的人。

——向净林

在基层这片土地上撒满奋斗的种子，在各个微小的地方都折射出雷锋的影子，以热烈的青春面对困难与挫折，让青春之花绽放在祖国最需要的地方！

——陈金芸

广袤的田野，芳香的泥土，这是梦开始的地方。我们要在有限的青春探索无限的可能，以大山为青春底色，用奋斗书写青春之志，饱含希望，继续热爱，向阳生长！

——刘雨莎

在志愿者的岗位上，我们都是一群普通平凡却又不畏浮云遮望眼的青年，永远怀着拨云见日、迎接阳光的赤诚之心，丰富自己一段不俗的经历！

——宋　星

作为一名志愿者，我心中始终有着一份坚定不移的志愿心语：为了更美好的社会，我愿意付出我的时间和青春。志愿是一种精神，更是一种责任。

——陶锦旺

青春，多么美好的字眼，而在短暂的岁月中我愿把青春奉献给祖国和人民，绽放属于自己的光彩，让光芒照耀祖国大地，带给人民幸福。

——吴昊鸽

有一种生活叫体验，有一种奉献叫无怨无悔，有一种快乐叫感受乡土民情，有一种经历叫志愿服务！

——林金飞

志愿服务是美的表现，是温馨的体验，俗话说：“赠人玫瑰，手留余香”。公益不是口号，在于行动，志愿在我，志愿靠大家。

——蒋淑秀

我在做一件我认为最骄傲的事，虽然这条路满是泥泞，我依然会坚定地走到最后，志愿者，就像冬天里的一把火，燃烧自己，温暖别人，这件事我将永远无悔！

——田晓莉

志愿者平台就像我的第二个大学，在这里既能大放青春异彩，又能提升自己。

——潘光格

作为新一代青年和基层志愿者，我们应拿出“敢教日月换新天”的豪情、激扬“百舸争流自当先”的斗志、葆有“风雨无阻向前进”的奋进姿态，为民服务，扎根基层，永葆初心。

——彭秋云

做一名志愿者，不需要成绩优秀，不需要美丽的相貌，只要你有一颗爱心，一颗责任心，就可以成为我们中的一员，和我们共同进步。

——潘青春

为自己的热血买单，为自己的青春买单，从心出发，到一个未知的城市，认识一群陌生但志同道合的人；去成为自己想要成为的少年，去做手有余香的赠花人。

——任晓霞

在志愿者的盆景里，用不懈的坚持和绵薄的力量，为社会创造美好；用团队的合作和无私的奉献，收获着感动和力量！

——舒均国

乘风破浪会有时，直挂云帆济沧海。接近两年的志愿时光，路上走过的坎坎坷坷，有过艰辛，有过委屈，有过伤心，甚至有过放弃的念头，但最终还是收获了坚持，给自己一份很大的鼓舞，从没想过自己能在新天地里坚持这么久！

——吴江艳

有一分热，发一分光，他们在平凡小事中书写奉献与爱的故事，他们用沾满泥土的脚步丈量着人生价值，他们依然坚守岗位守护着万家灯火平安，岁月因青春慨然以赴而静好，世间因你们挺身上前而瑰丽，一抹可爱的“志愿红”，感谢有你！

——杨　甜

踏踏实实教书，堂堂正正育人。在整个支教过程中，我痛并快乐着，这将是我人生中一段珍贵的记忆。“赠人玫瑰，手有余香”，被需要也是一种幸福。

——周政良

爱心悠悠，在支教之旅中唯有付出真情才可丰饶心中的喜悦；在送给别人一束玫瑰的时候，自己的手中也留下了持久的花香。

——王合龙

“行不止者，虽远必臻。”当新年的劲风吹散“疫霾”，春日暖暖的阳光照在身上，我将珍惜支教时光，做到初心如磐，笃定前行，让每一天都过得充实、快乐和有意义。

——袁　昕

支教于我，是双向奔赴，所有我给予的爱都有回声，我与我的学生朋友们彼此治愈，一同成长，互为星光。愿我们在前行的路上步履不停，遇见自我，实现梦想，共赴美好的星辰大海。

——黄月滢

一年的时间很短，因为我能为孩子们做的很有限；一年的时间很长，因为孩子们的成长路上有我，我的青春里有孩子们。我们的青春都因支教变得绚丽而多彩！

——黎嘉茹

将青春化作微光，尽己之力，为他人带去温暖与光明，唤醒更多青春的微光，从而凝聚更大的光亮。

——吴楚琪

我们作为青年一代，欣逢盛世，应在广阔天地间有所为。在我们有限生命里，去经历让人难忘而有意义的人生体验，在奉献中体味快乐，收获别有一番韵味的幸福。

——宋元丹

人生真美好，美好在于坚持。让我们更加努力一点，做无愧于时代的才华横溢的新青年。成功只有两步，一步是开始，一步是坚持。

——李　丹

通过志愿服务，让我们体会到劳动者的辛苦，体会到劳动成果的来之不易。投入祖国发展之中，在这片土地上洒下我们青春的汗水，让青春更有意义，让我们值得回忆。

——卢明龙

这儿没有自己家乡的喧嚣繁华，也没有想象中艰难困苦，虽然自己只是一滴小水珠，看着并没有太大的作用，但千千万万志愿者汇聚起来就能成为大海。

——王　琴

学习新思想，争做新青年。用理想和信念燃烧青春热情，以付出和奉献实现人生价值目标。用心、用情为人民群众做好志愿服务；用劲、用力做好每件实事、难事。

——杨　贵

我们来这个世界只有一次，走进基层别错过这道风景。生活的美好不只是丰衣足食，也体现在无私的志愿精神上。

——杨涛涛

作为一名志愿者，对于现在及未来的工作，希望自己能够保持初心，脚踏实地，在平凡的岗位上努力做好每一件工作，希望能够在基层服务中得到锻炼，实现自我价值。

——伍明英

志愿服务是以我之身，铸服务之愿；是以脚踏实地为根基，奉献为枝叶，让自身不断成长，最终成为参天大树的故事。

——陈昌树

扎根于基层，服务群众，苦在身体，甜在心里。为祖国献一份微薄力量，不负韶华，争做一名最美志愿者。

——唐文王

被需要是一种幸福。一颗爱心，一份责任，尽我所能服务社会和帮助他人，提升自我，实现价值，用两年的时间做一件终生都有意义的事情。

——熊德英

在大好的青春年华中，如果没有参与过志愿服务活动，那将是人生的一大缺失与遗憾。正所谓“赠人玫瑰，手有余香”，传递一份爱心，接力一份幸福。

——陆承淦

后来，我们再提起志愿服务活动时都会眼里有光，嘴角上扬，像极了打赢了一场漂亮的胜仗。

——游天鹅

我们在经历着，也在追求着，青春的路上有着未知的惊喜和经历，而我正踏足前行，志愿前路漫漫亦灿灿。

——李仁祥

基层是扎进土壤里的树根，志愿服务是汲取养分茁壮成长的大树，而志愿者是大树上嫩绿繁茂的树叶，朝气又蓬勃。

——杨　回

现在作为一名志愿者，我不后悔，我不后悔自己当初所做的选择。作为当代青年，我以行践言，我将志愿服务付诸实践，让青春焕发出耀人的光彩和蓬勃的生机。我始终相信每一次志愿服务都会是我人生中非常重要的经历。它给我的未来赋予光彩，我也在点滴中贡献自己的一点青春力量，绽放青春梦想。今后，我将会积极参加志愿服务活动，用行动创造属于自己人生的价值。

——郭　会

我们这一群志愿者，像甘露，奔赴干枯的沙漠，长出强壮的草；如养料，滋养瘦弱的根茎，盛开绚丽的花；似骄阳，照耀贫瘠的大地，培育肥沃的厚土。我们这一群人，汇聚微薄的力量，扎根基层，以双手为锄，以热血浇灌，开拓新时代更美的家园。

——罗国丽

作为一名志愿者，我在面对困难时，不畏惧退缩，能鼓起勇气，迎难而上。与其说，我是来这里参与志愿服务活动，不如说，我是来接受人生的磨炼和洗礼，正是因为这些宝贵经历，才能更加锤炼我的品格，成就现在更成熟的自己。

——高小清

我志愿服务的岗位是在安监站，在安监站需要做的事情是去排查煤矿、交通运输、消防、建筑施工、工贸、城镇燃气等地方是否存在安全隐患。这是非常有意义的事情，一旦发生危险，付出的代价是巨大的。人生是有限的，应该把有限的人生投入到有意义的事情上。

——董　杰

作为志愿者，我们奉献的不仅仅是时间，更重要的是爱心。爱心是最美的语言，志愿服务是最光荣的事业。用心去做志愿服务，用爱去关注他人的需要，给心灵一点点温暖。

——郑荣达

努力的意义是什么？可能是山川湖海，热血逐梦，可能是挥金如土，锦衣玉食。但于我而言，帮助别人解决问题后人们脸上的笑容，眼里的感谢，心底的信任，才是我努力的意义。

——金　露

以青春之名，赴志愿之约。半年的时间不算短暂，也不算漫长。回想去年的此刻，我们还在纠结于学校的各种烦恼，毕业何去何从。再回首，我还是选择再来一轮春夏秋冬。志愿服务活动可以是开展河流巡护行动，也可以是环境卫生整治活动，我们于平凡中创造不凡，贡献出自己的人生价值。

——朱　婷

品尝生活的百般滋味，体验别样的青春年华。有一种青春属于志愿服务，用一颗赤诚之心和所学为基层奉献，我毅然决然地踏上了这段征程。

——王必虎

时间是一个很神奇的东西，让我从初来乍到的懵懂与迷茫，到现在的适应与不断提升，每一个节点，都在不断学习，不断进步。志愿路上，责任在心，尽己所能，只为无悔。

——金　淑

最美的青春年华要与家国梦想同频共振。

——陈　兰

一颗爱心，一份责任，尽己所能，只为青春无悔。

——李凯燕

每个志愿者就像一簇小火苗，我们汇聚在一起，手拉手，心连心，给人民送去温暖，给社会带去光明。

——曹友盼

志愿服务在我心，爱心奉献化于行。此举不在一朝夕，平常生活皆可为。

——肖莹莹

义无反顾到基层，众志成城齐建设。两年青春志愿情，美丽乡村终建成。

——蒋葵姜

阳光是明媚的，心是热烈的，服务基层是值得的。

——朱　丹

把工作当享受，你就会竭尽全力；把生活当乐趣，你就会满怀信心；把奉献当快乐，你就会慷慨助人。

——李　菲

以志愿参与服务，以服务聚拢幸福。

——张伟军

在服务中历练自己，在青春里塑造自己，以志愿的名义投身到基层服务中去！

——张菁菁

以志愿之名，赴青春之约；以志愿之心，行大爱之事。

——熊秋梅

新时代青年，应勇于担当，乐于奉献，有一分热，发一分光，让青春的朝气在西部的田野蓬勃生长。

——刘晓放

在基层，在祖国最需要的地方，脚沾泥土，身带芬芳。

——徐　庆

用青春最美的年华，扎根基层、服务基层，我想这就是志愿服务的独特浪漫。

——李　源

真心奉献，无悔黔行。

——徐　悦

晒过的太阳，吹过的寒风，淋过的大雨，田间地里前行的身影，皆是青春最美的风景。

——袁先荣

青春不悔，希望永存，用我们前行的汗水，点燃希望的光。哪怕个人的力量轻如沙粒，如尘土，也要在自己的岗位上闪烁着微弱的光。

——郭福芬

讲台新册越前章，枢月迎初阳。板书行行，书声琅琅，鸾燕绕檐梁。

丹心热血倾桃李，来岁满庭芳。黔山巫水，几何迢递，三尺西席长。

——李嘉豪

深入基层一线，聆听群众心声，用一份热为人民点亮一束光，不负青春此行。

——杨小花

和谐文明心手相传,微笑志愿你我同行。

——何金星

以志为先，以新为径，以苦为食。青春当有志，立功在当下，我将只争朝夕，不负韶华，在祖国的土地上熠熠生辉。

——谢　胜

志愿之行，服务他人的同时，也在不断磨炼心志，提升自我。我们在平凡的岗位上，日复一日地坚持，为青春，为梦想书写了一张张满意的答卷，在西部的土地上留下独属于自己的印记。让我们初心不改，矢志不渝，在一个个平凡的日子里创造不一样的青春。

——刘　嫣

青春是那么美好，在最美好的青春年华，让我们带着一往无前的勇气，以青春之朝气砥砺前行，在这段不可复制的志愿之行中绽放光彩。

——兰梅情

基层奠定基础，平凡铸就伟大。

——孙成梦

如果青春有颜色，那一定是“志愿红”。

——陈嫦

青春因磨砺而出彩，人生因奋斗而升华。我们将携赤诚之心，记初心使命，赴一场西部之约，谱一曲青春之歌。

——杨　杨

在这个小小的岗位上，每天都是新的一天。我对志愿者这个平凡的身份越来越喜爱，我为能帮助到他人而开心，这让我觉得我是一个有社会价值的人。

——卢碧清

爱心是志愿者最好的舞台，奉献是志愿者最美的语言；弘扬志愿精神，为社会上需要帮助的人贡献一份力量。

——李　盼

做简单的自己，给世界简单的爱。

——沐正东

志愿服务是一场没有终点的远行，哪里有需要就向哪里出发，纵使相隔万水千山，爱与信仰终将把我们紧紧相连。

——周　楠

深夜里的“白色战衣”，我们同心抗疫；街边的红色马甲，我们助力创文。奋斗，就是我们志愿服务青春里最亮丽的底色。

——杨秀平

回头有青春的故事，低头有坚定的步伐，抬头有广阔的远方。

——唐　慧

志愿是一颗种子，长出来的大树为人们遮风挡雨，结出来的果实为人们解渴。

——吴春莎

再好的文采也说不出基层的艰辛和快乐，再高的手法也画不出基层的酸楚和甜蜜，为什么会有人向往？因为志愿服务，一切值得！

——杨贵菊

山区必将留下我们奋斗的身影。

——汪 洪

在希望的田野上，辛勤耕耘；在希望的田野上，艰苦劳作；在希望的田野上，收获理想！人生需要经历点缀，在奉献中获得人生价值。

——滕 昊

志存高远、德才并重、情理兼修、勇于开拓，在火热的青春中放飞人生梦想，在拼搏的青春中成就事业华章。

——李林铁

一个人的奉献只是一粒萤火，但这一粒又一粒的萤火终会汇聚成一片星海，去照亮这片大地的每个角落。

——唐振华

没有经历过是不会体会到被需要是怎样的一种感受，也看不到群众的问题得到解决时，他们脸上的笑容是多么的灿烂。

——王 莎

志愿者是世界上普通而又神圣的角色，那些看似普通的瞬间，传达的却是无私的爱与奉献。

——张远丽

我们是基层青年工作者，我们要走到基层，去听基层人民内心最真实的声音，去看基层人民的生活情况，为基层人民服务是我们的职责。青春献给人民，无悔青春。

——黄经勉

文明城市创建需全民参与，我们生活在这个城市，一言一行、精神面貌都代表着这个城市的形象。我们要积极参与创建文明城市的志愿服务活动，共建文明城市，共享文明成果。

——蒋兴艳

新时代的舞台无比广阔，前景无比光明，青年人正逢其时。奋斗是青春最亮丽的底色，行动是我们最有效的磨砺。用青春谱写新时代的篇章，书写无悔于人民、无悔于青春的精彩篇章。

——黄永娣

一年的志愿服务经历，使我感受到了人生的价值所在。每个人都有自己的人生目标和价值，要摆正位置，认准角色定位，面对现实，一步一个脚印，并不断提高自身的素质和能力，人生目标远景，结合自身实际，一步一步努力去实现，将自己变成一个对社会有用的人，体现出自己的价值所在。

——杨吉红

我们既是有志青年，让世界不再冰冷、充满爱意，让大地开满鲜花；我们也是旅人，与世界在风中相遇，在光中起舞，恰逢其时，但终将有聚有散。

——代基倩

陌生的面孔，熟悉的笑容是对志愿者准确的描述。萍水相逢，不变的是真诚的微笑。“忘了自己，宽了心胸”是对志愿者由衷的赞美。他们无私奉献，他们耐心包容。

——谭　宇

我们是志愿者，肩负着光荣的使命！路在脚下，未来可期！在暖阳的照耀下，更显温暖；在志愿期间，更显光芒；在帮助别人的同时，收获无限的快乐，锻炼了坚韧不拔的意志。

——谢庭芝

水向东流，是往低处而去，我向西部走，是往高处而来。正所谓手捧一颗心而来，不带半滴水离去，每一次志愿服务，都尽心竭诚；每一次回忆，都刻骨铭心；每一次经历，都在生根发芽，向阳生长。

——杨勇全

感受过烈日当头在田间地头穿梭，皮肤热辣生疼的感觉，见到过凌晨两点办公室依旧忙碌的身影。累吗？真的累！后悔吗？不后悔！因为我脑海里挥不去的，是我们同甘共苦志愿小伙伴爽朗的笑声，是来自陌生人突然间的一句谢谢，是看着我们用热情挥洒的那一方天地日益繁荣，这不就是青春吗？

——王再飘

八个月的志愿服务经历，让我着实锻炼了自己吃苦耐劳的精神。在我看来，作为青年一代，我们要早做规划，慢慢探索，在摸爬滚打中增长才干，在层层历练中积累经验。

——赵海波

穿上红马甲、套上红袖章、带上小红帽，我们一直在路上，以实际行动践行着志愿精神，书写我们别样的青春记忆。

——支　之

志愿服务不需要什么豪言的壮语，华丽的辞藻，空洞的口号；只需要一颗平凡朴实的心，踏实肯干的态度，乐于奉献的精神和不畏艰苦的意志。

——张　震

志愿服务是坚定信念的“催化剂”，它对于帮助志愿者确立正确的政治方向，树立科学的世界观、人生观、价值观以及形成良好的道德品质起着重要的导向作用。

——黄　丹

刚经历生命的绚烂之花，正值热烈奔放的年纪，不驰于空想，不骛于虚声，志愿服务播撒善举的种子，让文明之花遍地绽放，让志愿精神蔚然成风。

——赵　雅

作为一名志愿者，通过长期的志愿服务活动，使我感受到了作为志愿者的热情，我用真诚的微笑和细致的服务，给社会带去光明。尽自己作为志愿者的一份微薄之力，创造着美好未来。相信选择，勿忘初心，继续前行。

——田　雪

志愿服务活动如炎炎夏日里的清风，不张扬，也不雄壮；志愿服务活动如严寒冬日里的阳光，照耀在大地上，让它自由成长。“赠人玫瑰，手有余香。”在今后我们将把更饱满的热情洒在这片热爱的土地上。

——王志清

作为一名志愿者，能从事基层工作，服务广大人民群众，听到群众的心声，感受着群众的热情和亲切，以及解决他们的困扰和问题后的高兴……

——王小双

青春是一抹鲜红的血，理应像火一般燃烧热烈。青年应该具有不惧困难，敢于挑战自我的精神，迎难而上是青年志愿者应具有的本质属性。

——张小兰

让我至今记忆犹新的还是到易地扶贫搬迁安置点走访孤寡老人的经历。他们多是身有残疾、体弱多病、子女常年在外务工、无亲人照看，每次去走访他们时，他们都要拉着我话家常，一待就是好几小时。其实老人最怕的就是孤独，也渴望家人常在身边。虽然我做不到每天去找他们拉家常，但路过都会找他们聊上一会儿，尽自己所能。

——周娅娅

“到西部去、到基层去、到祖国和人民最需要的地方去”，在这里工作，在这里学习，在这里做一名光荣的志愿者，不求能做出惊天动地的事情，但求在这里实现自己的人生价值和青春理想，做到心无愧。

——彭　云

相比我以前对基层工作的印象，通过参与志愿服务活动实践，我已经拨开了这层面纱。农服中心对于当地群众来说更是一个重要的民生部门，希望在未来的工作中尽我所能，贡献我的一份绵薄之力。

——李吉美

由于各方面的原因，很长一段时间，工作都很辛苦，但无论最终结果怎样，这段志愿服务经历对每个人来说都是非常宝贵的。如果可以，我希望我能坚持到最后，为祖国的繁荣昌盛出一份力。

——廖雷秋

“世界上并没有从天而降的英雄，只有挺身而出的凡人。”一代人有一代人的长征，一代人有一代人的使命，在青春这条长征路上，投入志愿者行列，让我真正地感受到被需要是一种幸福。我应为更多的人送去温暖，让更多的人看到希望。

——李　洪

青春的列车，一直向前驶去，我们不能选择停留，但我们可以播下希望的种子，让它在我们所经之处茁壮成长，成为一把遮天大伞，为需要的人遮光挡雨。

——周　超

曾经，我想在平凡的生活中寻找生命的意义，多方无果；现在，终于在志愿服务活动中找到了。我应不忘初心、牢记使命，追寻中国梦，愿将来不负韶华。

——向　勇

翠绿的春天，志愿种子发芽的季节；火红的夏天，志愿活动挥汗的季节；金黄的秋天，成果丰收的季节；雪白的冬天，送温暖的季节。志愿者，悉心呵护每一块志愿的土地。

——尹　棚

星星之火，可以燎原，微不足道的光芒总能照亮希望之火。来自五湖四海的我们相聚在一起，一起奔跑在理想的田野里，挥洒着汗水与努力，志愿服务着每个地方。去年的夏天播种了一颗幼苗，用我们专属的热烈情怀去浇灌它，等待两年后属于它的绽放。

——赵长英

哪里有需要，哪里就有志愿者的身影。志愿者的志愿行为，不仅仅是单纯的无私奉献，也是双向的给予和获取，他们在服务他人、服务社会的同时，自身也得到精神和心灵的满足，得到个人修为和精神品质的提升和成长。

——钱林伟

或许你来此参与志愿服务活动的初心未必有那么高尚，但沉下心做好每一件自己该做的事，完成好自己该完成的任务，时刻守好自己的底线，即便初心未变也依旧可以创造属于自己的价值，照亮自己范围内的那一片温暖。

——张超云

我们是刚走出象牙塔的佼佼学子，在社会的大熔炉中，我们要得到升华；在基层志愿服务的锤炼中，我们要成为爱心的传播者，既然来了，绝不碌碌无为！

——陈贵艳

助人是快乐之本，“赠人玫瑰，手留余香。”志愿者的工作是光荣而又神圣的，带给我们希望与美好，让我明白了他人的快乐就是自己的快乐，帮助别人，快乐自己。

——赵兴凤

时光因青春慨然奔赴而美妙，尘世因少年无所畏惧而璀璨。一群正当青春年华的少年人，以青春的激情镌刻锦瑟华年。春和景明，朗月清风，征途漫漫仍潇洒高歌，去做有意义的事情，去参与志愿服务活动。

——钱仕晶

参与志愿服务活动，奉献微薄力量，助老扶幼，改善环境，成就感满满，意义非凡！

——陈江云

青春的列车，一直向前驶去，我不能选择停留，但我可以播种希望的种子，只要自己努力浇灌，便会收到丰硕的果实。作为青年志愿者的我们更应该努力奋斗，不应该在这个阶段选择过安逸的生活。

——何林美

我曾将我的青春与汗水挥洒在这片炽热的土地，用我的双脚丈量着祖国的每一寸土地。扎根基层，用我的所学及一生来弘扬“奉献、友爱、互助、进步”的志愿精神。为祖国的乡村基础建设、乡村振兴添砖加瓦。

——彭　健

因志而行，因愿而动，点滴微光，聚成星海。逐梦之路，没有“躺赢”的可能，也没有“躺平”的捷径。唯有踏实耕耘，才能铸造生活意义的丰碑；唯有砥砺笃行，方能待时而动，摘得理想的流星。

——吴丽娜

奉献，是一种无声的诺言，只要轻轻一点火花，就能让世界充满温暖；奉献，是一种无偿的交换，只要小小一缕爱心，就能让彼此真诚相待。作为一名当代志愿者，我愿意用我的奉献精神去付诸实际行动。

——王定贵

草对春的态度是生生不息，花对夏的态度是含苞怒放，叶对秋的态度是落叶归根，木对冬的态度是休养蛰伏，不同的态度，不同的选择，难得的机遇，因为这个选择，历史将留下真心笑容，因为参与志愿服务活动这个选择，我们的青春更有意义。

——肖　婧

有这么一群可爱的人，将自己三年的青春，奉献给他们热爱的城市，从七月开始，到七月结束，这是志愿爱心的接力，聚集了无限的实力。

——何　欢

到西部去绝不仅仅只是一句口号，更多的是赤子怀揣理想用脚步丈量人生、用热血谱写志愿青春的不竭动力与坚定信念。在这基层岗位上，我希望可以尽我所能去努力、去奋斗，以梦为马，奋蹄扬鞭！

——冯情天

李大钊先生说过：“以青春之我，创造青春之家庭，青春之国家，青春之民族，青春之人类，青春之地球，青春之宇宙，资以乐其无涯之生。”我想用两年参加西部计划志愿者的时间，做一件无愧青春的事。

——卿路明

“青春由磨砺而出彩，人生因奋斗而升华”。我们应担当起时代赋予我们的使命，在基层工作中增长才干，践行和弘扬志愿精神，为国家建设奉献青春力量。

——吴秀龙

西部是个有魔力的地方，没来的时候我好奇过，刚来的时候我陌生过，挨骂的时候我抱怨过，时间慢走，我爱上了他。我想，这里的点滴志愿回忆会让我一直骄傲。

——尹跃湘

一个志愿者就是一滴水，而他们存在的意义，就是与其他无数滴水汇聚成大河，这样的大河可以有无限的力量。有一群志同道合的人，一起奔跑在理想的路上，厚植国家情怀，勇担时代责任。

——张　令

青春之行，始于志愿，在街道社区，我就像一块砖，服务社会，服务人民，用爱心和真诚点燃基层希望，为夯实城镇建设基础而负重前行。

——李广会

如今，越来越多的青年志愿者不畏艰难险阻，勇担时代使命，他们志存高远、脚踏实地，将个人奋斗的目标融入基层建设的蓝图，把汗水挥洒在祖国需要的大地上。时代各有不同，青春一脉相承，青春孕育着无限可能。

——李科金

我将始终为人民服务，用心做好志愿服务工作，用理想和信念燃烧青春热情，以奉献和付出实现人生价值，正所谓“不经一番寒彻骨，怎得梅花扑鼻香”。

——李荣灿

在志愿服务中绽放自己青春年华，大展宏图，实现自己人生价值，找到人生的意义，在最有激情的年纪里，到乡村社会治理建设中贡献自己的志愿力量，挥洒自己的热血和青春，在人生的轨迹中点缀青春无悔的精彩。

——杨　星

“青春虚度无所成，白首衔悲亦何及。”年华正当时，敢字为先，勇字为底，怀抱梦想脚踏实地，敢想敢为勇毅前行。一路走来，我从不后悔自己的选择，我愿以奋斗为底色，以行动为实际，让青春在志愿服务的火热实践中绽放绚丽之花。

——申　艳

让一群志同道合的同行者，一路奔跑在理想的路上。有一种生活，不以山海为远，但有诗和远方，愿我们在志愿服务活动中绽放青春之花。

——耿　芬

在走出校园，做志愿者这一旅程中，只要认准了前进方向，明确了发展路径和奋斗目标，就要尽快行动起来，做一个坚定的行动派，行胜于言，少说多做。坚持自己所坚持的，追寻自己想追寻的。热爱工作、热爱生活，做一个有志气、有底气、有骨气的时代新人。

——蔡　情

曾经梦想能够在西部蓝天上飞翔，曾经憧憬可以在西部大地上驰骋，在那里工作，在那里学习，在那里做一名光荣的志愿者。不求能够做惊天动地的事情，但求能够以自己的双手去奉献自己的青春和爱心，以自己的双肩去扛起青年的责任和使命，但求无愧于心。

——郑舒颖

青年志愿者通过开展志愿服务活动提升了现代青年的精神道德，培养了现代青年助人为乐、团结互助的高尚品德，同时也彰显了青年的时代风貌和精神风貌。我很荣幸能成为一名传递爱心、志愿服务、乐于奉献的志愿者。

——陈红梅

新西部、新生活、新成长。假如让我的青春再做一千次的选择，我的第一千零一个志愿仍然会写下：西部计划！西部计划志愿者经历，让我学会了很多很多，无法用言语表达，它既锻炼了身体也让我学会了很多做人做事的人生道理，锻炼了我坚强的意志和牺牲奉献的精神。

——韦华凤

“风景用眼睛去记录，生活用内心去感受。”从阳光明媚的初春到烈日当空的酷暑，从层林尽染的金秋到大雪纷飞的寒冬，时光匆匆，转眼间，我在志愿者的岗位上度过了半年。回忆过往，志愿服务的经历依然历历在目。

——韦小妹

秉着服务基层的初心，我渐渐地爱上了这一岗位。尽自己所能，做志愿之事，喜欢听到受帮助之人的笑声，更喜欢自己是一名志愿者。时不我待，今后必努力学习，做好志愿者。

——马朝陆

志愿者要像青松一样，历经风吹雨打，向下扎根，向上成长。在这片热土上砥砺深耕、奋楫笃行，以实干的姿态拥抱基层，用更加昂扬的姿态在基层中绽放芳华！

——孔　涛

成为一名志愿者，站上三尺讲台，是我一生最勇敢也最无悔的决定，这种喜悦无法用语言描述。

——杨芳哲

每个优秀的人，都有一段沉默的时光。那段时光，是付出了很多努力，却得不到结果的日子，我们把它叫作扎根。任何人的成功都不是偶然，而是平日里含泪忍耐和咬牙坚持换来的必然结果。

——杨崇涛

每一次志愿服务活动都是收获，每一滴汗水都是力量，每一份坚持都是成长。我想，如果奉献有颜色，那一定是一抹鲜艳的“志愿红”。

——陈　颢

孩子们通过我们的志愿服务活动见到大山外的世界，我们收获了纯粹而美好的爱，这便是最美好的双向奔赴。

——王梓璐

山河远阔，人海茫茫。亘古不变，万世不移。“用一年的时间，做一件让自己终生难忘的事。”“到西部去，到基层去，到祖国和人民最需要的地方去。”我坚信：奉献互助，平凡的志愿服务岗位终究造就不平凡的理想信念。痕迹斑驳，却流淌着我对未来的憧憬和向往。

——罗元志

志愿者的这段经历，让我深刻感受到“明天的中国，希望寄予青年”其中的殷切期望。我们在平凡的事迹中感受渺小与伟大，让青春在奉献中飞扬。

——齐依娜

扎根基层，扎根乡镇，为老百姓做一些务实的事情。用实际行动践行社会主义核心价值观，彰显志愿者的风采。

——周怡帆

向下扎根，向上生长。在奉献中收获，在给予中成长，志愿服务为我“输养”，助力“小萌新”成长为“大青年”。

——杨　霞

一粒粒平凡入微的尘土堆积成直入云霄的高山，一颗颗乐于奉献的爱心汇聚成团结友爱的队伍。让志愿服务成为冬日里人们手中的一杯热茶。

——梁琴丽

我看见孩子的笑容，看见志愿者的笑脸，看见爱正在土壤上长出新绿。你一滴水，我一束阳光，他一点呵护……让这个世界充满希望，充满爱。

——王兴玉

志愿服务是奉献爱心、传递文明的过程，也是自我锻炼、自我提高的过程。三年的志愿服务经历中我结识了许多朋友，更好地体验了社会，更是在实践中增长了见识，培养了韧性。

——余　丹

在志愿服务过程中让我体会到了基层工作的艰辛，但是我始终不忘初心、牢记使命，尽自己最大的努力，以微小的影响回报我们这个大家庭。永远打不断的是脊梁，永远不可撕碎的是信念，只要我们坚守初心，就能为实现社会主义现代化强国出一份力！

——刘剑楠

在学校里我是一名课桌前的学生，在校园课堂里我也是孩子们讲台上的老师，志愿服务活动让我收获了珍贵的师生情谊，也让我坚定了投身教育事业的决心。

——卢海超

奋斗是青春的主旋律，奉献是志愿服务的宗旨。万名志愿者挥洒青春汗水，实现青春抱负。重铸华夏荣光，我辈义不容辞。

——向　磊

志愿者这个选择无愧于青春、无愧于生命。在城镇服务的一年，只是在人生长河里的一瞬间，却让我的人生增添一分平凡却华丽的色彩。

——吴海妹

参加志愿者是我做的最有意义且最充实的一件事，在整个过程中认识到了很多也成长了很多，每一个平凡的岗位都有人做着平凡的工作，但脚踏实地地做好每一件事就是我加入志愿者团队最大的意义。

——彭艳阳

以“小我融入祖国大我”之心，奏响奉献祖国和人民的青春之声。把基层作为最好的课堂，把实践作为最好的老师，运用好发挥好自己的专业特长，为当地人民排忧解难，倾心服务。

——曹竞淳

成为一名志愿者是幸运的，是骄傲的，是值得的。每个志愿者如同一朵朵的小花，盛开在西部的每一处大山沟里，给人们带来了芬芳。

——曾　浪

志愿者，不以山海为远，参与乡村教育志愿服务活动，路过他们的童年，撒下梦的种子，所有的种子都值得等待，等待繁花似锦的未来。愿每个人都可以不负热爱，奔赴山海。

——李焱丽

满怀激情的斗志，勇于拼搏的精神，热血投入基层，汗水洒进每一片土地。我相信所有的磨炼换来的都是成长，用自己的行动去赢得掌声，用自己的真诚做出奉献。

——杨　亮

青春似火，青春闪光，青春无悔，青春不朽。始终坚守着奉献、友爱、互助、进步的志愿服务精神，用爱心浇灌的最美丽的花朵将始终绽放在每一个人的心里，绽放在大千世界的每一个角落。

——杨志波

最初时的一腔热血，参与时的满满成就，收获时的心头喜悦。志愿者，以前是期待，是信念；现在是经历，是磨炼；将来是收获，是人生之路的精彩一笔。

——杨　燕

“老吾老以及人之老”，在“乡村暖冬计划”志愿服务活动过程中，亲身参与、行动助老，便会看到老人面带微笑、眼里满是慈祥与希望。

——梁　聪

青春就要奋斗，青春更要绽放。做“经师”和“人师”的统一者，让“向下扎根”和“向上生长”在志愿服务中相得益彰。我们在场，无上荣光；强师筑梦，接续前行。

——王嘉祺

今后，无论走到哪里，我一定会践行好志愿服务精神，虽然我无法决定生命的长度，但我可以增加生命的宽度，在平凡的工作和生活中实现自我价值。

——王明宣

成为一名志愿者，到遥远的他乡工作，对于大多数毕业后就留在城市里的同窗朋友来说是难以想象的，但那又怎样呢？到祖国最需要的地方去，是我遵循内心的声音做出的选择，这让我感到很踏实，我的这个选择无愧于青春、无愧于生命。

——袁　顺

青春年华，志愿相随；这是青春，也是希望。在岁月中成长，在青春里闪光。用生命去影响生命，尽微薄之力，让点点星光闪闪发亮。愿山河无恙，人间安康。

——刘　丹

并不是所有的决定都要权衡利弊，生活没有标准答案，追随初心就好。到西部去，到祖国最需要的地方去，青春逢盛世，奋斗正当时。

——饶春芳

二十岁的青春里，应充满感动和热情，青春应该是这样热血的、奉献的，这样无私的和感动的。人生需要去奉献、去创造、去拼搏，在新时代，投身志愿服务，丰富青春色彩。

——刘　会

我相信，每一个在阳光下成长的人都拥有一份回馈社会的冲动，都曾在某一刻觉得自己太过于平凡，不能创造出伟大的发明，更没有划时代的发现来推动社会的进步。如果你想为社会尽绵薄之力又手足无措，不妨去试着参与一些志愿服务活动。那些被服务到的人的微笑，就是你回馈社会的最好见证，你的内心也能得到些许安慰。

——陈　好

志愿服务活动能够实现个体的自我价值和社会价值。为社会奉献爱心，为他人伸出援助之手，实现了我们的社会价值；在志愿活动中我们学会了关爱他人，学会了与人沟通，学会了感恩和不计回报地付出，实现了自我价值。

——赵紫汐

刺骨的寒冷，酸麻僵直的腿，长时间的维序让我的精力像手机电量一样越来越低，但看见和我一样坚持在岗位上的志愿者们，还有那期待着急打疫苗的一张张脸庞，我的心底一次又一次坚定地传出：“再坚持一会儿，大家都能打完就好了……”

——姜　妍

志者，辨是非而力之于行与善。愿者，怀恻隐、羞恶、辞让之心而有欲服务于民。志愿者，心中所志而以愿趋于行。问其行，则曰：“欲济民尽心，外务于世，内修于心，不计所获，以心济心，以行明行。”

——何天红

在西部，我们守初心扎根三尺讲台，担使命筑梦苗疆大地，不啻微芒，造炬成阳，用一年的时间做志愿者，静静等待一朵花的绽放。

——何誉辰

通过这一年的支教生活体验，走出校门，我们在祖国最需要的基层更全面地认识和贴近人民。看得见霓虹城市，也看得见美丽乡村，切身体会着身处伟大时代的青年，从何而来，现在何处，到哪里去。教育是一个灵魂影响另一个灵魂，一个老师的努力或许改变的是一个班级的孩子；而成千上万的老师，正在改变这片土地的每一个孩子。予以他们守护和关爱，帮助他们成人、成才，是同我们一样奉献在一线的教师的任务。寻找教育问题，提出实际的解决方法，争取宏观支持，撬动社会协同，为乡村教育注入志愿服务的活力和生机，帮助更多孩子和老师以及他们背后的千万家庭，是这段志愿服务精神的延续。我希望未来自己遇到任何困难时，都能够永葆这份初心，牢记这份使命。

——陈俊峰

我的少年是可爱的，是生机勃勃的，他们各有各的色彩，在不同的领域发光发热，与孩子们相处的无数个志愿瞬间早已深植在我的脑海里，让我时刻回想起，都感到温暖又庆幸，庆幸能来到金沙，与他们度过这一年的时光。

——周馨悦

我总觉得，每个人的价值都不一样。对我自己来说，如果能在这个有限的人生里，能多多少少通过志愿服务为别人的灿烂浇过水，那也是我的价值、我的意义所在。但愿春日安好，往后尽是鲜花烂漫。

——严　珍

“人的生命是有限的，可是，为人民服务是无限的，我要把有限的生命，投入到无限的为人民服务之中去。”作为一名学生，一名志愿者，我始终把雷锋的这句话牢记心中，并将之贯穿到我的生活学习中，为同学服务，为老师服务，热情地帮助身边每个需要帮助的人。

——郑　倩

愿志愿之路不止于此，奉献精神不止于此，用志愿行动诠释志愿初心；每位志愿者都是志愿故事的续写者，也是志愿故事的主人公，“奉献、友爱、互助、进步”的志愿服务精神也将继续发扬光大，志愿者与志愿故事从来都是未完待续。未来长路漫漫，我们将续写志愿服务精神，彰显时代价值！

——李昱婷

一半风尘仆仆，一半星辰大海，未必光芒万丈，始终温暖有光。志愿服务，我们一直在路上。我有幸做了一名志愿者，愿山河无恙，人间皆安，尽微薄之力，不负青春，不留遗憾！

——何潇潇

当志愿者是一个自愿奉献爱心的行为。我们的这个社会需要爱，你我他都需要！作为一名志愿者，我们满载爱播撒社会。付出比收获更快乐，给予比接纳更安心！关心别人，善待自己！有的行为虽小却无比有意义。人人献出一点爱，世界将变成美好的人间！传递温暖，传递爱，“赠人玫瑰，手有余香”！

——吕鑫月

在志愿服务中镜鉴自己、提升自己、升华自己，践行“团结、友爱、互助、进步”的志愿精神，用小爱拼成大爱，用大爱照亮人生。

——陈远波

志愿者带来的不仅是志愿服务，更是一种用心用情用力的爱与陪伴，是雷锋精神在新时代的续写与绽放。

——李家兴

举众人之力，可以断金。汇聚志愿之力，还患何事不成？志愿者意气风发，志在当下，且以无私之心笃于行利于世。志愿精神凝聚成水，滋养社会。志愿服务是原野中的火，燃烧着美好的希望！

——李正军

正是青年人的赤诚、青年人的热情、青年人的活力，汇聚成了志愿服务欣欣向荣之源。一个个“红马甲”面对困难的坚强、面对磨难的毅力、面对险阻的勇气，每每让我们惊叹与感动！青年志愿者是一个热血、积极、阳光的名词，是使志愿事业永葆青春的主力军。去奋斗吧！青年人，去挥洒你们的热爱和激情！

——施　昆

做自己敬重的人，就是任何时候都要做自己认为对的事。我相信，把梦想寄予在志愿者事业之中，是值得的。愿每一位志愿者，心里有梦，眼里有光，脚下有路，永远年轻，永远热泪盈眶。

——石　倩

心有热爱，暖及他人！怀揣无限热情，投身志愿服务，领悟奉献精神，收获袍泽之谊，为青春年华添上浓墨重彩的一笔。愿青年奋楫起航，争做时代奉献者！

——尹　瑶

从上大学就开始参加志愿服务，再到成为高校团干部，负责组织志愿服务，我们看到了一批批充满激情和活力的青年坚守在第一线，在奉献中定义青春，在行动中践行使命。乘势而上，接续奋斗。我们将会持续引导更多青年在实践中受教育、长才干、作贡献，让“志愿红”活跃在基层一线，用青春热血构筑志愿服务新高地。

——胡　斌

“为仁由己”“仁者爱人”，志愿服务传递着向上向善的精神力量，是社会文明进步的重要标志。我们在服务他人、奉献社会的过程中，汲取了善的力量，传承了雷锋精神，也实现了自我提升。我们将竭力做到有一分热，发一分光，努力让社会变得更加美好。

——范少华

志愿服务是社会文明进步的重要标志，作为一名高校共青团工作者，既是志愿者，同时，也是志愿服务组织者。与大学生志愿者一起投身社会服务，在一个个有温度、有情怀的志愿服务故事中传承红色基因、赓续红色血脉、传播中华文化、讲好中国故事。

我们一起努力，让文明之花处处绽放，让志愿精神成为时代风尚、文明新风。

——梁明珠

鲁迅先生说：“有一分热，发一分光，就如萤火一般，也可以在黑暗里发一点光，不必等候炬火。”志愿服务的过程是一个奉献的过程，也是一个收获的过程。作为一名高校团干部，我组织志愿服务、参与志愿服务，也见证自己、同事，以及学生们在志愿服务中成长，用爱与奉献帮助他人、感动他人，也被他人的真诚与包容所感动。我将继续带领青年团员紧跟党的号召，积极投身到志愿服务这项伟大的事业中去，将志愿服务的微光汇聚成能予人温暖的火炬，把心中的炽热化作为实现中华民族伟大复兴而前行的动力。

——余春玲

奉献、友爱、互助、进步，这是志愿精神核心价值的深情表达，是“赠人玫瑰，手有余香”、是“以小我成就大我”、是“不求回报的无私奉献”、是“人生的阅历和成长”。对于当代大学生而言，青年志愿行动是高校落实实践育人的重要途径，是共青团践行三力一度的有效载体，更是青年服务于中华民族伟大复兴的新使命。新时代的好青年应当有理想、敢担当、能吃苦、肯奋斗，让志愿精神与时代脉搏一起跳动，让志愿之花绽放在青春时代。

——罗　荣

志愿在思，以细致担当彰显青年时代使命；
志愿在心，以真情服务换来群众笑靥如花；
志愿在行，以实际行动践行志愿精神。

——吴华贵

“用爱和奉献点亮心灯，照亮一方天地。”作为一名志愿服务工作者，我常怀敬畏之心、感恩之心、好学之心，用镜头记录志愿者活力四射的笑脸和满载爱心的瞬间，见证志愿者在贵州大山深处的行走足迹。

——田于川

公益是一种信仰。志愿者，要有担当，也要有信仰。我们要承担起自己的责任，勇于面对困难和挑战，坚定自己的信念和理想，不断前行。我们要相信，只要我们坚持不懈地努力，就能够实现自己的梦想，为社会做出更多贡献。

——王远贵

每次参与志愿服务，都会让自己温暖地去对待，这个过程是一种自我的修炼和提升，助人而后自助。每次志愿服务后看到服务对象开心的笑容，便觉自己的付出和努力有了价值，所以希望更多个体的努力和付出叠加起来，汇集成一股温暖的力量，一起让这世间更加美好！

——吕亚超

“多彩贵州·志愿黔行”点亮了文明进步的灯塔，照亮了新时代贵州精神的高地。我愿做一名服务社会、服务人民、服务国家的忠实志愿者，身体力行“奉献、友爱、互助、进步”志愿精神，为推动社会文明进步发光发热、添砖加瓦、奉献人生、不求回报。

——陈　富

心承暖阳，不负韶光。将来我将更多地去帮助他人，更多地参与志愿服务活动，尽我所能温暖身边的人。

——钟西辉

对我来说，志愿服务工作是一项全新的领域，既是挑战，又是机遇。如何做好志愿服务工作，考验的是站位、境界、胸怀、认知水平。归根到底，是要当好一名志愿者，我为人人、率先垂范，充满热情、激情，心善、心慈，始终保持主动、积极、向上、自信的阳光心态。

——蒋坤尧

新时代的志愿服务要融入日常、化作经常。作为一名长期从事志愿服务的老团干，深深体会到志愿服务中青年的中坚力量不可或缺，希望广大青年朋友发挥己之所长、业之所精，积极参与志愿服务，用青春的付出和努力，通过志愿服务的方式，为人民的幸福美好生活贡献力量。

——邓守成

志愿服务是一项崇高的事业，传递着世间大爱，诠释着人间真情。每一名志愿者都是星星之火，助燃社会文明呈燎原之势发展。虽然每一次付出都微不足道，但聚少成多、聚水成河、聚沙成塔，必将凝聚成推动精神文明崇德向善的强大力量。

——晏世忠

人们不一定看清我们的脸，但我们的付出，人们永远记得。

志愿服务让社会充满爱，让世界更美好。

每个微笑的背后，都有一个纯洁善良的灵魂。每次助人的背后，都有一份情不自禁的喜悦。

从自己擅长的点出发，工作有收获，生活有清欢。

最大的后台是人心，最大的政治是民生。多办好事实事，人心所归，民心所向。

送花者周围满是鲜花。人帮人好，花见花开。

人生之路总有几道弯、几道坎、几道平；总有几分苦、几分酸、几分甜；总有几段风、几段雨、几段花。人人都需要帮助，人人都可以提供帮助。

珍视生命的馈赠，帮一寸有帮一寸的欢喜。

物我两忘，忘名忘利。为人三帮，帮难急需。

人生的意义，不仅是拥有，还有体验；不仅是收获，还有给予；不仅是享乐，还有服务。体验劳作、苦累、伤痛、成功、失败、阅读、运动、旅游、吃喝、离别、惆怅、简洁和志愿服务的快乐、遗憾；体验作为儿女、父母、夫妇、朋友、同学、同事、队友和志愿者的趣味、艰辛。舍弃复杂的思维和过程、人生的高光与多余的占有，给人以理解、祝福、宽容与帮助，尽力服务社会，服务他人。其实，人人都是陪伴者、监护人、保管员和服务生。切不可把优越当职业，视拥有为当然。经历让人清醒，关爱让人欢喜。

——张玉广